담장에 난 문

담장에 난 문

허버트 조지 웰스 지음

고정아 옮김

작가 소개

허버트 조지 웰스(1866~1946)는 SF의 기초를 확립한 영국 작가이자, 20세기 문학과 사상에 깊은 영향을 끼친 지식인이다. 런던 근교에서 하층 계급 가정에서 태어나 가난한 유년기를 보냈으며, 장학금으로 과학 교육을 받아 생물학자 T. H. 헉슬리에게서 진화론과 과학적 사고를 배웠다. 이러한 성장 배경과 학문적 토대는 그의 문학 전반에 중대한 영향을 끼쳤다.

웰스는 《타임머신》, 《투명인간》, 《우주 전쟁》, 《모로 박사의 섬》 등의 작품을 통해 과학 기술이 인간 사회와 윤리에 던지는 질문을 대중적인 서사로 풀어냈다. 그의 소설은 단순한 공상이나 모험담을 넘어, 제국주의·계급 불평등·과학만능주의에 대한 비판을 담고 있다. 동시에 그는 미래 사회에 대한 경고와 가능성을 함께 제시한 작가였다.

웰스는 단편 소설에서도 탁월한 역량을 보이며 인간의 인식 한계와 문명의 취약성을 날카롭게 드러냈다. 또한 문학에 국한하지 않는 작가로서 여러 사회 담론에 관한 평론을 저술하기도 했다. 소설가이자 사회비평가로 활동한 그는 문학과 과학, 정치와 윤리를 적극적으로 연결하며, 상상력과 지성이 결합했을 때 탄생하는 선구적인 세계를 우리에게 선물했다.

차례

담장에 난 문

I

두세 달 전의 어느 날 저녁, 라이오넬 월리스와 따로 만난 자리에서 그가 '담장에 난 문' 이야기를 해주었다. 그때 나는 그가 거짓말을 할 리 없다고 생각했다.

그가 워낙 허심탄회하게 이야기를 해서 믿지 않을 도리가 없었다. 하지만 다음 날 아침 아파트에서 깨어나 보니 들었을 때와 영 다르게 느껴졌다. 나는 침대에 누운 채 월러스가 들려준 이야기를 떠올려 보았다. 당시의 효과를 배제한 채, 그러니까 그의 느리고 진지한 말투, 갓을 씌운 테이블 램프의 불빛, 그와 나를 둘러싼 어둑어둑

한 분위기, 거기에다 디저트, 술잔, 깨끗한 냅킨처럼 사람을 기분 좋게 만드는 것들―그런 것들이 그 공간을 잠시 일상과 동떨어진 작고 밝은 세계로 만들어주었기 때문이다―을 빼놓고 생각해 보니 아무래도 믿을 수 없다는 생각이 들었다. "전부 거짓말이야!" 나는 이렇게 말했다. "참 잘도 지어냈군! 다른 사람은 몰라도 그 친구가 그럴 줄이야."

잠시 후 침대에 일어나 앉아 아침 차를 마시다가, 어느새 내가 그의 황당한 이야기를 사실로 느꼈던 이유를 나 자신에게 해명하기 위해 그 이야기는 다른 방식으로는 말할 수 없는 경험을 암시, 표현, 전달―뭐가 적당한 단어인지 모르겠다―했다고 생각하고 있었다.

하지만 이제는 그렇게 생각하지 않는다. 나는 의심을 극복했다. 나는 지금도 그 이야기를 들었던 순간처럼 월리스가 최선을 다해 내게 자신의 진실된 비밀을 털어놓았다고 믿는다. 하지만 그가 정말로 그것을 보았는지, 혹은 보았다고 생각했을 뿐인지, 그가 특권을 누린 것인지 환상적인 꿈에 기만당했는지는 짐작할 길이 없다. 그의 죽음이 내 의심을 모두 잠재운 뒤에도 그것은 알 수가 없다.

그것만큼은 독자가 직접 판단해야 한다.

당시 내가 어떤 말이나 비판을 했길래 과묵한 그가 그런 고백을 하게 되었는지는 잊었다. 그가 어떤 대규모 사회운동에서 실망스러운 결과를 낸 적이 있는데 내가 그 일의 지지부진함을 비판하자 그에 대해 변명을 했던 것 같다. 그러다가 그가 불쑥 말했다. "내가 정신이 다른 데 팔려 있어서……"

그러더니 그는 잠시 가만히 있다가 말했다. "내가 태만했다는 건 알아. 뭐랄까 귀신이나 환영 같은 건 아니지만, 말하기 좀 곤란하군, 레드먼드, 내가 거기 사로잡혀 있다고 해야 할 것 같아. 무언가에 사로잡혀서 다른 건 하나도 안 보이고 그에 대한 열망만 커지고 있어……."

그는 말을 멈추었다. 우리 영국인들이 감동적이거나 진지하거나 아름다운 것들을 말할 때 흔히 사로잡히는 수줍음 때문이었다. "자네도 세인트 애설스탠을 다녔지?" 그가 말했고, 나는 잠시 이게 무슨 생뚱맞은 소리인가 했다. "그러니까……" 그는 다시 말을 멈추었다. 그러더니 처음에는 아주 조심스럽게, 나중에는 조금 편안하게 자기 인생의 비밀을 이야기하기 시작했다. 그의 심장을 끝없는 갈망으로 채울 뿐 아니라 세속적 인생의 모든 흥미와 화려함을 시시하게 만드는, 잊을 수 없는 아름다움과 행복의 기억에 대해.

이제 와서 생각해 보니 그것은 그의 얼굴에 또렷이 새겨져 있었던 것 같다. 나는 그의 그런 무심한 표정을 잘 포착한 사진을 한 장 가지고 있다. 그 사진을 보면 한때 그를 열렬히 사랑했던 어떤 여자의 말이 떠오른다. "그 사람은 갑자기 관심을 잃어요. 그냥 잊어버려요. 눈앞에 있는 사람도 안 보이는 것 같아요……."

하지만 월리스가 세상에 완전히 무심하지는 않았고, 관심을 기울이는 일에는 큰 성공을 거두었다. 실제로 그의 인생에는 성공이 가득했다. 그는 오래전에 나를 앞질렀고 내 머리 위로 높이 날아올라서 나는 엄두도 못 낼 성취를 쌓아갔다. 어쨌건 그는 아직 마흔 살이 일 년 남은 나이였고, 만약 살아 있었다면 새 내각에 들어갔을 거라는 데 이견이 없었다. 학창 시절 그는 타고난 것처럼 별 노력 없이도 항상 나를 이겼다. 우리는 학창 시절 웨스트켄싱턴*의 세인트 에설스탠 학교를 함께 다녔다. 나는 그저 평균 정도였고, 그는 처음에는 나와 비슷했지만 곧 나를 멀찌감치 추월해서 빛나는 장학금과 학업 성적을 가지고 졸업했다. 내가 '담장에 난 문' 이야기를 처음 들은 것도 학창 시절이었다. 그리고 그가 죽기

———

* 런던 중심부 서쪽의 지역.

겨우 한 달 전에 그 이야기를 다시 들은 것이다.

적어도 윌리스에게 그 담장의 녹색 문은 담장을 지나 불멸의 세계로 들어가는 진짜 문이었다. 나는 이제 그것을 확신한다.

그 문은 아주 일찍, 그 친구가 겨우 대여섯 살이었을 때 그의 인생으로 찾아왔다. 그는 느리고 진지한 목소리로 그 날짜를 헤아렸다. "담장에는 진홍색 미국담쟁이덩굴이 있었어. 꿀빛 햇살이 쏟아지는 하얀 담장 위의 담쟁이덩굴은 모두 똑같이 선명한 진홍색이었어. 이유는 모르지만 아무튼 그게 선명히 기억나. 문 앞의 깨끗한 보도에는 마로니에 잎들이 떨어져 있었어. 이파리들은 알록달록한 노란색과 녹색이었고, 갈색을 띠거나 지저분하지 않았어. 나무에서 떨어진 지 얼마 안 됐을 거고, 그래서 아마 10월이었던 것 같아. 해마다 마로니에 잎을 살펴봐서 알아.

내 기억이 맞다면 나는 다섯 살하고 4개월 정도였어."

그는 자신이 약간 조숙한 아이였다고 말했다. 말도 보기 드물게 일찍 시작했고, 사람들 말에 따르면 너무 올되고 진지해서 일고여덟 살 아이들도 금지당하는 일들을 허락받았다. 어머니는 그가 두 살 때 돌아가셨고, 보모 겸 가정 교사는 주의 깊지도 엄격하지도 않았다. 근엄하고 바쁜 변호사였던 아버지는 아들에게 거는 기대는 컸지만 그에게 별 관심을 기울이지 않았다. 총명한 아이였지만 그가 느끼는 인생은 조금 우울하고 답답했던 모양이다. 그러던 어느 날 그는 거리를 떠돌게 되었다.

어쩌다 홀로 집 밖에 나가게 되었는지, 또 웨스트켄싱턴의 어떤 길을 걸었는지는 기억하지 못했다. 그런 것은 흐릿한 기억 저편으로 사라졌으나 하얀 담장과 녹색 문의 기억은 선명했다.

월리스의 기억에 따르면, 그 문을 처음 보았을 때 특이한 감정과 매혹, 문 안으로 들어가고픈 열망을 느꼈다. 동시에 그 유혹에 굴복하는 것은

어리석거나 잘못된 일이라는—어느 쪽인지는
몰라도—직감 역시 강력했다. 기억이 잘못되지
않았다면, 그는 신기하게도 처음부터 그 문이 잠
겨 있지 않다는 것, 마음만 먹으면 열고 들어갈
수 있다는 걸 알았다고 했다.

불안과 거부감이 어른거리는 그 소년의 얼굴
이 눈앞에 보이는 것 같다. 그는 이유는 몰라도
자신이 그 문을 열고 들어가면 아버지가 크게 화
를 낼 것이라고 생각했다.

월리스는 자신이 머뭇거린 순간들을 특히 공
들여 설명했다. 그 문 앞을 지나쳤고, 양쪽 주머
니에 손을 찔러넣은 채 휘파람을 불려고 하면서
담장 끝까지 걸어갔다. 거기에는 지저분한 가게
들, 특히 배관공과 장식공의 가게가 있어서 토
관, 납판, 수도꼭지, 벽지 견본책, 페인트 통 같은
것들이 어지럽게 널려 있었다. 그는 자리에 서서
물건들을 구경하는 척했지만 마음속으로는 녹
색 문을 열망하고 있었다.

그러다 강력한 감정이 솟구쳤다고 했다. 그는 망설임을 떨치려고 문을 향해 달려갔다. 손을 뻗어 녹색 문을 열고 그 안으로 들어가자 등 뒤에서 문이 닫혔다. 그리하여 평생토록 그를 사로잡은 정원에 들어가게 되었다.

월리스는 정원이 어땠는지 설명하는 데 애를 먹었다.

그곳의 공기 자체에 사람을 기쁘게 하는 것, 가벼움과 희망과 편안함을 안겨주는 어떤 것이 들어 있는 듯했다. 그 풍경에는 모든 색깔을 깨끗하고 온전하고 윤기 나게 하는 무언가가 있었다. 정원에 들어선 순간 그는 강렬한 행복을 느꼈다. 이 세상에서는 아주 드물게, 젊고 즐거운 시절에만 느낄 수 있는 종류의 감정이었다. 그리고 그곳은 모든 것이 아름다웠다…….

월리스는 잠시 생각한 다음 말을 이었다. "그리고 거기에," 그 목소리에는 믿기 어려운 것을 말해야 하는 망설임이 담겨 있었다. "커다란 퓨마가 두 마리 있었어…… 그래, 점박이 퓨마가. 겁은 안 났어. 넓은 길 양옆에 대리석 테두리의 화단이 있었는데 벨벳처럼 매끄러운 두 맹수가 거기서 공을 가지고 놀았어. 한 마리가 고개를 들더니 호기심 어린 표정으로 다가왔어. 내게 바짝 붙어서는 내가 내민 작은 손에 동그란 귀를 살살 문지르면서 고양이처럼 골골 소리를 냈지. 그러니까 그곳은 마법의 정원이었어. 정말이야. 크기도 엄청나게 커서 사방으로 쭉쭉 뻗어 있었어. 멀리 언덕들도 있었어. 웨스트켄싱턴이 어디로 갔는지 알 수 없었지. 그런데도 집에 온 것처럼 편안했어.

등 뒤로 녹색 문이 닫힌 순간 나는 마로니에 잎이 떨어진 길, 승합 마차와 짐마차가 다니는 길을 잊었어. 규율과 복종이 지배하는 집으로 돌아가야 한다는 사실을 잊어버렸어. 망설임, 두려움, 신중함을 모두 잊었고, 이 세상의 현실을 모두 머릿속에서 지워버렸어. 다른 세계에 들어간 나는 아주 즐겁고 행복한 소년이 되었어. 그곳은 여기와는 다른 느낌이 드는, 더 따뜻하고 투명하고 부드러운 빛이 있는 세계였어. 공중에는 희미하고 맑은 기쁨이 떠돌고, 파란 하늘에는 햇빛 머금은 조각구름이 떠돌았지. 내 앞으로 넓은 길이 날 부르듯이 뻗어 있었는데, 길 양옆에는 잡초 없는 화단에 저절로 자란 꽃들이 있고 큰 퓨마 두 마리가 있었어. 나는 겁 없이 퓨마의 부드러운 털에 손을 얹고 녀석들의 동그란 귀와 귀밑의 예민한 곳을 만지며 놀았어. 녀석들은 꼭 내가 집에 돌아온 걸 환영하는 것 같았어. 그리고 나도 정말 집에 돌아온 기분이 들었고. 잠시 후 키가 크고 예쁜 누나가 길을 걸어와서 내게 미소 띤 얼굴로 "안녕?" 하고 말했어. 누나는 나를 번쩍 들어 입을 맞추고는, 도로 내려놓고 나와 손을 잡고 걸어갔어. 놀랐다기보다는 이게 맞다는 느낌, 그동안 이상하게 잊고 있던 행복한 기억이 돌아오는 느낌뿐이었어. 비죽비죽한 참

제비고깔 사이로 붉은색의 넓은 계단이 나타나서 올라가니, 양옆으로 그늘 짙은 고목들을 거느린 큰 가로수 길이 뻗어 있었어. 그 붉게 갈라진 나무들 사이에 대리석 의자와 석상들이, 온순하고 다정한 흰색 비둘기들이 있었지…….

그 멋진 길을 누나와 손을 잡고 걸어갔어. 나를 내려다보던 다정한 얼굴의 예쁜 윤곽, 섬세한 턱선이 기억나. 누나는 내게 나긋나긋한 목소리로 이런저런 질문을 하고 여러 가지 이야기도 해주었어. 무슨 이야기였는지는 잊었지만 분명 즐거운 이야기였을 거야…… 그러다 적갈색 털에 연갈색 눈을 한 깔끔한 꼬리감는원숭이가 나무에서 내려와서 내 옆으로 달려왔어. 웃는 얼굴로 나를 올려다보다가 곧 내 어깨로 뛰어오르지 뭐가. 우리 둘은 큰 행복감에 싸여 길을 걸어갔지.”

그가 말을 멈추었다.

“계속해.” 내가 말했다.

“자잘한 것들이 기억나. 우리는 월계수 사이

에 앉아 명상하는 노인을 지나고, 알록달록한 앵무새들이 앉아 있는 장소도 지나고, 넓고 그늘진 주랑을 지나서 크고 시원한 궁전에 도착했어. 멋진 분수와 아름다운 것들이 가득했고, 모든 소망이 이루어질 듯한 느낌이 넘치는 곳이었어. 온갖 물건이 다 있고 사람도 많았지. 어떤 사람은 아직도 생생하고 어떤 사람은 흐릿해졌지만 모두가 아름답고 친절했어. 어째서인지 그들이 모두 친절하고 내가 온 걸 기뻐한다는 걸 알수 있었고, 그들의 손짓, 따뜻한 손길, 환영과 사랑을 담은 눈빛이 내 마음을 기쁨으로 가득 채웠어⋯⋯."

그는 잠시 생각에 잠겼다. "거기에는 함께 놀 친구들도 있었어. 내겐 큰 의미가 있는 일이었지. 나는 외로운 아이였거든. 아이들은 꽃을 두른 해시계가 있는 잔디밭에서 재미있게 놀았어. 나도 같이 재미있게 뛰어놀았고.

하지만 이상하게도 기억에 공백이 있어. 우리

가 무슨 놀이를 했는지가 기억이 안 나. 처음부터 그랬어. 어린 시절에 나는 그 즐거운 놀이가 뭐였는지 기억해 보려고 애를 썼고 그러다 가끔 눈물도 흘렸어. 내 방에서 혼자서라도 해보고 싶었거든. 하지만 그럴 수 없었어! 기억나는 건 그때의 행복감, 그리고 내 곁에 가장 많이 있던 두 친구뿐이야…… 잠시 후에 무겁고 어두운 분위기의 여자가 왔어. 창백한 얼굴에 눈빛이 아련했는데, 길고 부드러운 연보라색 옷을 입고 손에는 책을 들고 있었어. 여자가 손짓해서 나를 불러내더니 홀 위쪽 회랑으로 데리고 가더군. 내 친구들은 나를 보내기 싫어서 놀다 말고 끌려가는 나에게 소리쳤지. "돌아와! 우리에게 돌아와!" 나는 여자의 얼굴을 올려다보았지만 여자는 아이들에게 신경 쓰지 않았어. 여자의 얼굴은 온화하지만 진지했어. 여자는 나를 데리고 회랑의 의자로 가서 무릎에 책을 펼쳤고, 나는 그 옆에 서서 책 내용을 보려고 했지. 여자가 책을 손가락으로 가리켰는데, 나는 깜짝 놀랐어. 그 책은 페이지들이 살아 있었는데…… 거기 내가 있는 거야. 책은 내 이야기였고 내가 태어나서 겪은 모든 일이 실려 있었어…….

정말 환상적이었어. 그 책의 내용은 그림이 아니라 현실이었어.”

월리스는 무겁게 말을 멈추고 내게 믿을 수 있느냐는 듯한 눈길을 던졌다.

“계속해. 나는 이해해.” 내가 말했다.

“그건 현실이었어. 맞아. 정말 그랬어. 사람들이 움직이고 물건들이 왔다 갔다 했어. 기억에 흐릿한 어머니가 나오고, 엄격한 아버지가 나오고, 하인들, 내 아기 시절 방, 익숙한 온갖 것이 나왔어. 그런 뒤 현관문이 보이고 붐비는 거리가 등장했지. 나는 책을 보며 감탄하다가, 뭔가 석연치 않아 여자의 얼굴을 쳐다보고는 책 내용을 더 보려고 책장을 빠르게 넘겼어. 그러다 마침내 내가 그 길고 흰 담장의 녹색 문 앞에서 망설이는 장면을 봤지. 그때의 갈등과 두려움이 다시 느껴지더군.

'다음은요?' 내가 소리치고 책장을 넘기려고 하니까 진지한 여자가 차가운 손으로 나를 막았어.

'다음은요?' 난 다시 물어봤어. 조심스럽게, 하지만 어린아이가 가진 온 힘을 다해 여자의 손을 잡아 올렸어. 결국 여자가 힘을 빼고 책장이 넘어가자, 여자는 그림자처럼 내게 몸을 굽히고 이마에 입을 맞추어주었어.

하지만 그다음 페이지에 마법의 정원은 없었어. 퓨마도, 내 손을 잡고 걸어간 누나도, 가지 말라고 외치던 친구들도 없었어. 웨스트켄싱턴의 긴 회색 거리뿐이었지. 가로등이 켜지기 전 서늘한 오후에 내가 거기 불쌍하게 서서 울음을 못 참고 흐느끼고 있었어. '돌아와! 우리에게 돌아와!' 하고 외치던 친구들을 잃었으니까. 나는 이제 책 속의 한 페이지가 아니라 가혹한 현실 속에 있었어. 마법의 정원도 사라지고, 내 손을 가로막던 진지한 여자의 손도 사라졌어. 모두 어디로 간 걸까?"

그는 다시 말을 멈추고 한동안 벽난로 불빛을 들여다보았다.

"정말이지 비참한 귀환이었어!" 그가 나직이 말했다.

"그 후에는?" 잠시 시간이 흐른 뒤 내가 물었다.

"너무 참담했어! 다시 잿빛 세계로 돌아오다니! 그 경험이 얼마나 충만했는지를 깨닫자 나는 슬픔을 다스릴 수 없었어. 그때 길에서 엉엉 운 일과 볼썽사나운 꼴로 집에 돌아온 일은 아직도 수치스러운 기억이야. 금테 안경을 낀 노신사가 걸음을 멈추고 다가와서, 우산으로 나를 툭 건드리고는 인자한 얼굴로 '딱한 것, 길을 잃었니?' 하고 물었어. 그 노신사의 모습도, 그 앞에서 울던 다섯 살 런던 소년이던 내 모습도 아직 생생해! 노신사가 젊은 경관을 부르고 사람들을 불러모아서 날 집에 데려다주었지. 나는 많은 사람들이 보는 앞에서 엉엉 울고, 또 한편으론 겁에 질려서 마법의 정원을 떠나 아버지의 집으로 돌아왔어.

아직도 나를 사로잡고 있는 그 정원에 대한 기억은 이게 전부야. 물론 그렇게 아련하고 비현실적인 느낌은 말로는 전달할 수가 없어. 평범한 경험들과는 너무 다르니까. 하지만 그 일은 분명히 있었어. 만약 그게 꿈이었다면, 그때는 분명 낮이었으니 아주 특이한 꿈이라고 해야 할 거야…….

집에 오자 사람들은 당연히 내게 어디 갔었냐고 캐물었어. 고모, 아버지, 유모, 가정 교사, 모두가. 있는 그대로 말하려고 했는데 아버지가 거짓말하지 말라며 처음으로 나를 때리더군. 나중에 고모한테 말했더니 고모도 어린 게 고집이 지독하다며 다시 벌을 주었지. 그런 뒤 사람들은 그 일에 대해 입도 벙긋 못하게 했어. 한동안은 동화책도 압수당했어. 내 상상력이 지나치다고. 정말로 그랬다니까! 우리 아버지는 옛날 사람이었어…… 털어놓을 사람이 아무도 없으니까 나는 베개에다 이야기를 속삭였어. 베개는 내 입김과 눈물 때문에 자주 젖었지. 그 후 나는 건성으로 하던 의무 기도에 진정한 소망을 담기 시작했어. '하느님, 그 정원의 꿈을 꾸게 해주세요. 저를 그 정원으로 데려가 주세요!' 이후로 정원이 나오는 꿈은 자주 꾸었어. 그런데 내가 거기 무언가 내용을 더하고 바꾸기도 한 것 같아. 잘 모르겠어, 이 모든 게 꼬맹이 시절의 단편적인 기억을 재구성한 거야. 내 어린 시절은 그 기억과 그 이후의 기억 사이에 큰 간극이 있어. 그러다 결국 그 멋진 경험에 대해 더는 이야기할 수 없는 나이가 되었지."

나는 누구나 할 법한 질문을 했다.

"아니." 그가 대답했다. "어렸을 때 정원에 다시 가보려고 시도한 기억은 없어. 지금 생각하면 이상한데, 아마 그 사건 이후 사람들이 내가 다시 길을 잃을까 봐 단단히 감시해서 그랬던 것 같아. 어쨌건 세인트 애설스탠에 갈 때까지는 정원을 다시 찾아본 적이 없어. 그리고 이제 와서 보면 이상한 일이지만 내가 정원을 완전히 잊고 살던 시절도 있었어. 여덟아홉 살 때였을 거야. 세인트 에설스탠 시절의 나를 기억해?”

“그럼!”

“그 시절의 나는 전혀 비밀스러운 꿈을 품은 아이 같지 않았을 거야.”

II

월리스는 문득 고개를 들고 빙긋 웃었다.

"혹시 예전에 자네도 나랑 같이 북서항로 놀이 한 적 있어? 없을 거야. 우리는 마주칠 일이 별로 없었으니까."

"상상력 많은 아이들이 좋아하는 놀이의 하나야." 그가 말을 이었다. "놀이 방법은 학교로 가는 북서항로를 찾는 거야. 등굣길은 단순하잖아. 그 놀이는 일부러 복잡한 길을 찾는 거였어. 10분 일찍 나가서 황당한 방향으로 출발했다가 낯선 길을 통해 학교로 가는 거지. 그러다 하루는 캠든힐 한쪽의 하층민 거주지에서 길을 잃어서, 처음으로 놀이고 뭐고 학교에 지각할지 모른다는 생각이 들었다네. 절박하게 길을 찾아다니다가 막다른 골목 같은 곳에 들어갔는데 다행히 그 끝에 길이 있었어. 나는 '아직 안 늦었어.' 하며 희망을 품고 달렸지. 그런데 이상하게 낯익은 허

름한 가게들이 나타나더니, 이럴 수가! 거기 그 길고 하얀 담장과 마법의 정원으로 가는 녹색 문이 있는 거야!

그 문이 내 앞에 나타났어. 그러니까 그 아름다운 정원이 꿈이 아니었던 거지!"

월리스는 말을 멈추었다.

"내가 녹색 문을 두 번째로 마주쳤을 때 학교생활로 바쁜 소년기와 여유로운 유년기의 차이가 확실하게 드러났던 것 같아. 어쨌건 두 번째로 봤을 때 나는 그 문 안에 들어갈 생각을 전혀 하지 않았어. 머릿속에 학교에 지각하면 안 된다는 생각이 가득했거든. 개근 기록을 깨고 싶지 않았어. 문을 열어보기만이라도 할까? 하는 마음은 있었을 거야, 그건 분명해. 하지만 그때 나에게 그 문은 학교로 가는 길을 어렵게 만드는 또 하나의 장애물 정도로 여겨졌던 것 같아. 물론 문을 다시 마주해서 궁금증이 폭발했고, 머릿속에 온통 그 생각뿐이었지만 그냥 학교로 갔어.

문에 방해받지 않았어. 달리다가 시계를 꺼내서 보니까 아직 10분 여유가 있었고, 언덕을 내려오니 익숙한 길이었지. 나는 숨을 헐떡이며 학교에 도착했어. 온몸에 땀이 흘렀지만 지각은 안 했고, 여유롭게 외투와 모자를 걸었던 게 기억나. 그 문을 그냥 지나치다니 이상하지?"

그는 골똘히 무언가를 떠올리며 나를 바라보았다. "물론 그때는 그게 거기 항상 있는 게 아니라는 걸 몰랐지. 그 나이 때 학생의 상상력은 한계가 있으니까. 그걸 다시 보고, 거기 가는 길을 알게 되어서 기뻤지만 어쨌건 나는 학교에 가야 했어. 하지만 그날 오전에는 수업에 집중을 못하고 다시 만날 아름답고 낯선 사람들을 계속 생각했을 거야. 어째서인지 나는 그 사람들이 나를 만나면 기뻐할 거라고 확신했어…… 그래, 그날 아침 나는 그 정원을 학교생활에 지쳤을 때 찾아가 볼 휴식처 같은 걸로 여겼던 게 분명해.

그날은 아예 그쪽으로 가지 않았어. 다음 날에

오전 수업만 있어서 그걸 고려했던 것 같아. 어쩌면 수업 시간에 주의가 산만했던 일로 벌칙을 받아서 거기 들를 시간이 없어졌는지도 모르고. 모르겠어. 내가 아는 건 어쨌든 내 머릿속이 온통 마법의 정원으로 가득 차서 혼자 간직할 수가 없었다는 거야.

그래서 누구더라? 족제비처럼 생기고 별명이 술꾼이던 친구."

"홉킨스." 내가 말했다.

"그래, 홉킨스였어. 그 친구한테 말하고 싶지는 않았어. 어쩐지 홉킨스한테 털어놓는 건 잘못이라고 느끼면서도 결국 말해버렸어. 하굣길이 약간 겹쳐서 같이 걸었거든. 그 친구가 워낙 말이 많아서 마법의 정원 이야기를 안 하면 다른 이야기를 떠들었을 텐데, 나는 다른 이야기는 생각도 할 수 없어서 털어놓고 말았어.

그리고 홉킨스가 내 비밀을 떠벌렸어. 다음 날 쉬는 시간이 되자 덩치 큰 녀석 대여섯 명이 와서 놀리듯이 마법의 정원 이야기를 해달라는 거야. 그중에는 우람한 포셋도 있었고. 그 친구 기억나? 카너비하고 몰리 레이널즈도 있었어. 자네는 없었지? 있었으면 내가 기억했을 거야…….

소년의 감정이란 얼마나 기이한지. 나는 후회하면서도 덩치 큰 친구들의 관심을 받아서 우쭐해지기도 했던 것 같아. 특히 크로쇼가, 그 작곡가 크로쇼의 큰아들 말야, 자기가 들은 최고의 거짓말이라고 해서 기분이 좋았던 게 기억나. 하지만 신성한 비밀을 떠벌렸다는 건 부끄러웠지. 짐승 같은 포셋은 정원의 소녀에 대해 농담을 던졌어…….”

월리스의 목소리가 부끄러운 기억으로 가라앉았다. “나는 못 들은 척했어. 그러다 내가 전부 사실이라고 하니까 카너비가 거짓말하지 말라고 했어. 나는 그 문이 어디 있는지 안다고, 10분이면 갈 수 있다고 했지. 그러자 카너비가 갑자기 점잖아지더니 그러면 모두 그리 데려가라고,

안 그러면 가만 안 두겠다고 하더군. 자네 카너비한테 팔 비틀려 봤어? 그러면 그 말에 내가 어떤 기분이었을지 알 거야. 나는 내 말이 다 사실이라고 맹세했어. 그때 우리 학교에는 카너비에게 맞설 수 있는 사람이 없었잖아. 크로쇼 정도가 한두 마디 도와줄 뿐. 카너비는 사냥감을 물었고, 나는 흥분으로 귀가 빨개지고 겁도 났어. 얼빠진 행동을 한 대가로 혼자 조용히 마법의 정원을 찾아가는 대신 조롱하고 추궁하고 협박하는 무리 여섯 명을 이끌고 그리 가게 되었지. 뺨도 귀도 빨개지고, 눈도 따끔거리고, 정신은 수치로 타올랐어.

그런데 그 하얀 담장과 녹색 문은 찾아내지 못했어……."

"못 찾았다고?"

"찾을 수가 없었어. 거기 있었다면 분명히 찾았을 거야.

내가 나중에 혼자 가봤을 때도 마찬가지였어.

못 찾았어. 그 뒤로 학창 시절 내내 찾아보았지만 한 번도 못 봤어.”

“같이 간 친구들이 많이 괴롭혔어?”

“지독했지, 카나비는 회의를 열어서 내 거짓말에 대해 성토했어. 나는 운 흔적을 들킬까 봐 집에 몰래 들어가서 얼른 내 방으로 올라갔지. 하지만 내가 울다 지쳐 잠든 이유는 정원 때문이었어. 거기 가보려던 희망, 다정한 여자들과 나를 기다리는 친구들, 다시 배우고 싶던 놀이, 잊어버린 그 즐거운 놀이 때문이었어.

만약 내가 홉킨스에게 말하지 않았다면……
어쨌건 그 뒤로 나는 많이 힘들었어. 밤마다 울고 낮에는 몽상에 잠겨 지냈지. 그렇게 두 학기를 보내니 성적이 곤두박질쳤어. 기억해? 당연히 기억할 거야. 자네 때문이었으니까. 수학에서 자네한테 지면서 정신이 번쩍 들어 다시 공부에 열중하게 되었거든.”

III

월리스는 한동안 가만히 벽난로의 붉은 불길을 들여다보다가 말했다. "그걸 다시 본 건 열일곱 살 때였어.

그 문이 세 번째로 내 앞에 홀연히 나타났지. 옥스퍼드대 장학생 시험을 보려고 마차를 타고 패딩턴 역으로 가던 길이었어. 그냥 언뜻 보았을 뿐이야. 이륜마차 창밖으로 몸을 숙이고 담배를 피우며 제법 세상을 안다고 생각하던 찰나에, 느닷없이 그 문과 담장이 나타나서는 잊을 수 없는 것, 아직 찾아갈 수 있는 것에 대한 그리운 감각을 깨워준 거야.

하지만 그냥 지나쳤어. 나는 너무 놀라서 마차를 못 세웠고, 마차는 금세 그 앞을 지나 모퉁이를 돌아갔지. 나는 내 의지가 두 개로 갈라지는 기이한 경험을 했어. 마차 지붕 쪽문을 두드려 마부를 부르는 동시에 주머니에서 시계를 꺼

낸 거야. 그리고 마부가 활기찬 목소리로 "네, 손님!" 하고 묻자 "어, 아무것도 아니에요. 착각했어요. 시간이 별로 없네요! 계속 가요!" 하고 대답했지. 마부는 계속 달렸어.

결국 나는 장학금을 받았다네. 그리고 다음 날 우리 집 2층의 내 방에 앉아서 벽난로 불을 바라보았어. 아버지가 좀처럼 하지 않는 칭찬과 견실한 조언이 귀에 울렸고, 나는 그 시절 빠져 있던 파이프 담배를 피우며 그 길고 하얀 담장에 난 문을 생각했어. '마차를 세웠다면 나는 장학금을 놓쳤을 거야. 옥스퍼드도 놓치고 미래의 성공도 놓쳤겠지. 이제 내가 철이 드는 것 같아!' 한참 생각해 보았지만 미래의 성공을 위해서는 희생이 필요하다고 굳게 믿었지.

정원의 다정한 친구들과 청명한 공기는 정말 달콤했지만 아득해졌어. 나는 이제 세상일에 몰두했지. 내 앞에는 다른 문, 성공의 문이 열려 있었으니까."

그는 다시 벽난로를 들여다보았다. 붉은 불빛이 잠시 화르륵 타오르며 그의 얼굴에 어린 완강한 힘을 보여주고 사라졌다.

그가 한숨 쉬며 말했다. "나는 성공을 추구했고 많은 일을 성실하게 했어, 하지만 그동안 마법 정원의 꿈을 천 번쯤 꾸고 그 녹색 문을 네 번 보았어. 힐끔 본 거지만 어쨌건. 그래, 네 번이었어. 한동안은 이 세상이 너무 화려하고 재미있고 의미와 기회로 가득해서 그에 비하면 정원의 은은한 매력은 힘없고 아득하게만 느껴졌지. 미인과 명사들을 만나러 만찬에 가면서 퓨마를 쓰다듬고 싶은 사람이 어디 있겠나? 옥스퍼드를 졸업하고 런던에 왔을 때 나는 그걸 만회할 수 있다는 대담한 기대를 품고 있었어. 하지만 실망도 여러 차례 겪었지…….

나는 사랑을 두 번 했어. 자세한 이야기는 하지 않겠네. 어느 날 내가 자기에게 다가갈 용기가 있는지 의심하는 어떤 여자를 만나러 가느라 얼스코트 인근의 인적 드문 길로 질러가는데, 그 흰 담장과 익숙한 녹색 문이 나타난 거야. 나는 마음속으로 중얼거렸어. '이상하네. 이건 캠든 힐에 있는 줄 알았는데. 몽상 속의 그 장소는 내가 찾을 수 있는 곳이 아니야.' 그리고 내 목적에 집중해서 그곳을 지나쳐 갔지. 그날 오후에 녹색 문은 내게 아무 매력을 발휘하지 못했어.

문이 열리는지 볼까 하는 충동도 잠깐 들었어. 세 걸음이면 되는 일이었으니까. 하지만 마음속으로는 문이 열릴 거라고 확신했어. 그래서 자칫하면 내 명예와 관련된 약속에 늦을 것 같았지. 나중에 나는 거기 시간 맞춰 간 것을 후회했어. 잠깐 들여다보고 퓨마들에게 손이라도 흔들어 줄걸. 물론 그때 나는 찾아도 찾아지지 않는 것을 뒤늦게 다시 찾아다닐 만큼 어리석지는 않았어. 그래도 그 일은 아주 후회스러웠어……

그 후로 나는 여러 해 동안 일에 묻혀 살았고 문은 한 번도 보지 못했어. 그런데 최근에 그게 다시 나타나자, 내 세계에 얇은 오염이 번지는 듯한 느낌이 들었어. 그 문을 다시 못 본다는 게 서글프고 비통하게 느껴졌지. 어쩌면 내가 너무 과로한 탓인지도 모르고, 어쩌면 흔히 말하는 마흔 살이 되는 느낌인지도 몰라. 모르겠어. 하지만 분명한 건 노력을 쉽게 만들어주던 총기가 최근에 사라졌다는 거야. 그것도 하필 지금, 새로운 정치 상황 속에서 내가 일을 맡아야 할 때 말야. 이상한 일이지? 하지만 나는 인생이 피곤하고, 노력의 보상이라는 것도 막상 얻을 때가 되니 시시해 보여. 얼마 전부터 나는 그 정원을 간절히 원하게 되었고 결국 세 번이나 마주쳤어."

"정원을?"

"아니, 문을! 그런데 들어가지 않았어!"

그는 나를 향해 테이블 위로 몸을 굽히고 서글프기 짝이 없는 목소리로 말했다. "기회가 세 번이나 왔어! 이제 문이 다시 나타나면 반드시 들어갈 거야. 이 먼지와 열기의 구덩이를, 공허한

허영의 전시장을, 헛된 노고의 땅을 떠날 거야. 그리고 돌아오지 않을 거야. 이번에는 거기 머물 거야…… 그렇게 맹세해 놓고 때가 왔을 때 가지 않았던 거야.

일 년 사이 그 문을 세 번이나 마주쳤는데 들어가지 않았어. 지난 일 년 동안 세 번이나.

첫 번째는 소작인 구제법 기습 표결이 있던 날 밤이었어. 정부가 세 표 차이로 이겼지, 기억나? 우리 쪽 누구도 그날 밤 결론이 날 거라 생각하지 않았고, 반대편도 마찬가지였을 거야. 논의가 결렬되면서 나는 호치키스, 그리고 그의 사촌과 함께 브렌트포드에서 저녁을 하기로 했지. 나도 호치키스도 그날 표결에서 빠지겠다고 약속하지 않은 상황이었으니 전화로 호출이 오자 사촌의 자동차로 바로 출발했어. 간신히 시간에 맞추어 도착했는데, 가는 길에 그 담장과 문이 나타난 거야. 달빛에 창백하고 자동차 불빛에 얼룩덜룩했지만 분명했어. "이럴 수가!" 내가 외치자 호치키스가 "왜 그러시죠?" 하고 묻더군. "아니에요." 내가 대답했고 그 순간은 지나갔어.

"큰 희생을 하고 왔습니다." 의사당에 들어가며 원내 대표에게 말했더니 그는 "모두 그렇지요." 하고 지나가더군.

그때 내게 다른 선택권은 없었을 거야. 그 다음은 내가 아버지의 임종을 지키기 위해 달려갈 때였어. 그때도 인생의 의무가 급선무였지. 하지만 세 번째는 달랐어. 그건 바로 일주일 전이었어. 생각하니 뜨거운 후회가 솟는군. 나는 거커, 랠프스와 함께 있었어. 이제는 내가 거커와 이야기를 나눴다는 게 비밀이 아니지. 우리는 프로비셔에서 저녁을 했고 대화는 내밀해졌어. 개각 때 내 자리에 대한 질문이 줄곧 논의 언저리에 있었거든. 그래, 그건 정해졌어. 아직 말할 단계는 아니지만 자네한테 숨길 이유도 없어…… 맞아, 고마워! 하지만 이야기를 계속할게.

그날 밤은 많은 게 불분명했고, 내 위치는 예

민한 문제였어. 거커에게 확실한 말을 듣고 싶었지만 랠프스가 합석해 있으니 쉽지 않았지. 나는 최대한 머리를 써서 대화를 가볍게 이어가며 내 신상 관련 문제가 크게 거론되지 않도록 애썼어. 그래야 했거든. 그 후 랠프스의 행동을 보면 내가 주의한 게 옳은 판단이었어…… 켄싱턴하이 스트리트를 지나면 랠프스와 헤어질 예정이었기에 그때 거커에게 솔직하게 물어볼 생각이었어. 가끔 그렇게 작은 술수를 써야 할 때가 있잖아…… 그래서 셋이 함께 길을 가는데 눈가에 다시 그 하얀 담장과 녹색 문이 나타난 거야.

우리는 대화하면서 그 앞을 지나갔어. 천천히 지나갈 때 보았던 거커의 뚜렷한 윤곽이 드리운 그림자가 아직도 생생하군. 그의 코 위로 내려온 신사 모자, 스카프 주름이 나와 랠프스의 그림자 앞에 보였어.

나는 50센티미터도 떨어지지 않은 거리에서 그 문 앞을 지나갔어. '이 사람들과 작별 인사를

하고 여기 들어가면 어떨까?'라는 생각이 들었
지만 나는 거커와 따로 하고 싶은 말이 있어서
안달이 나 있었지.

나는 다른 문제들에 얽매여서 그 질문에 답을
하지 못했어. '다들 내가 미쳤다고 할 거야.' 하는
생각이 들었어. '내가 사라지면 어떻게 될까! 전
도유망한 정치인의 충격적 실종이겠지!' 그런 생
각이 나를 무겁게 누르더군. 그 절박한 순간에
그토록 사소한 수천 가지 세속적 생각이 나를 잡
아 누른 거야."

그는 내게 슬프게 웃어 보이며 느릿하게 말했
다. "그렇게 해서 여기 내가 있어!"

"그래서 여기 내가 있는 거라네!" 그는 다시
말했다. "기회는 사라졌어. 그 문은 일 년 사이에
내게 세 번이나 나타났어. 평화와 기쁨, 천상의
아름다움과 세상에 없는 친절로 이어지는 문이.
그런데 난 그걸 외면했어, 레드먼드. 그리고 이제
문은 사라졌어……."

"어떻게 알아?"

"알아. 그냥 알아. 나는 기회가 왔을 때 나를 그렇게 강력하게 붙잡았던 그 일들을 이제 하게 됐어. 자네는 내가 성공했다고 하겠지. 저속하고 값싸고 성가시고 질투만 일으키는 성공. 그래, 나는 그걸 얻었어." 그는 큼직한 손에 호두를 들고 있었다. "이게 내 성공이라면." 그리고 호두를 으스러뜨려서 내게 보여주었다.

"문제는 말이야 레드먼드, 그 일로 내가 망가지고 있다는 거야. 지금 두 달 넘게, 열 주 가까이 아무 일도 못 했어. 긴요하고 다급한 일들만 처리할 뿐이지. 내 마음에는 다스릴 수 없는 후회가 가득해. 그래서 사람들이 날 알아보기 어려운 밤이 되면 바깥을 떠돌아다녀. 그래. 사람들이 알면 뭐라고 할까? 내각의 일원, 가장 중요한 부처의 장관이 슬픔에 빠져서, 가끔은 소리 내어 한탄까지 하면서 무슨 문과 정원을 찾아 헤맨다니!"

IV

그날 월리스의 창백한 얼굴과 그의 눈에 떠오른 낯설고 음울한 불길이 눈앞에 보이는 것 같다. 오늘 밤 그의 모습 전체가 눈에 선하다. 내가 그의 말과 목소리를 떠올리며 앉은 소파에는 그의 부고가 실린 어제자 석간 〈웨스트민스터 가젯〉지가 놓여 있다. 오늘 점심때 클럽은 온통 그 이야기뿐이었다. 다른 이야기는 할 수 없었다.

그의 시신은 어제 새벽 이스트켄싱턴 역 근처 공사장 지하에서 발견되었다. 철도를 남쪽으로 연장하기 위해 판 두 개의 갱도 중 한 곳이었다. 그 앞에는 외부인의 출입을 막는 가림막이 세워져 있고, 그 가림막에는 그쪽 방향에 사는 인부들의 편의를 위해 만든 작은 쪽문이 있었다. 그날 작업반장 두 명 사이에 오해가 생겨 누구도 문을 잠그지 않고 떠났는데, 월리스가 그 문으로 들어간 것이다…….

내 머릿속에는 수많은 질문과 수수께끼가 들끓는다.

월리스는 그날 밤 국회의사당에서 거기까지 걸어간 것 같다. 지난 회기(會期) 때 그는 자주 도보로 퇴근했다. 그의 검은 그림자가 생각에 잠긴 채 늦은 밤의 텅 빈 거리를 걸어가는 모습이 머릿속에 그려진다. 그가 기차역 근처의 흐린 전깃불 때문에 허술한 가림막을 흰 담장으로 착각한 걸까? 잠겨 있지 않던 운명의 문이 옛 기억을 깨워준 걸까?

어쨌건 담장에 난 녹색 문이란 게 정말로 있었던 걸까?

모르겠다. 나는 이 이야기를 월리스에게 들은 대로 적었다. 그 일은 드물긴 해도 전례가 없지는 않은 환각이 부주의하게 방치된 함정과 만나서 벌어진 비극일 뿐이라는 생각도 들지만, 확신은 없다. 내가 미신적이거나 어리석다고 생각해도 좋다. 그러나 나는 그에게 정말로 비범한 재

능과 감각, 그리고 콕 집어 말할 수 없는 무언가가 있었다고 어느 정도 믿는다. 그 미지의 무언가가 담장과 문의 형태로 나타나서 그에게 탈출구, 현실보다 아름다운 세계로 가는 비밀 통로를 열어주었지만, 그것이 결국 그를 배신했다고 결론 내릴 수도 있을 것이다. 하지만 정말 그랬을까? 여기서 우리는 이런 몽상가들, 환상과 상상력에 사로잡힌 사람들의 깊은 신비를 마주한다. 우리가 보는 것은 평범한 세계와 가림막과 구덩이다. 우리의 대낮 같은 상식으로 보면 그는 안전한 세상을 떠나 어둠과 위험과 죽음 속으로 걸어 들어갔다.

하지만 윌리스도 그렇게 생각했을까?

눈먼 자들의 나라

침보라소산에서 500킬로미터도 넘는 거리, 에 콰도르 안데스산맥의 험준한 설산 코토팍시[*]에서 150킬로미터도 넘게 떨어진 곳에 세상과 단절된 수수께끼의 계곡, 눈먼 자들의 나라가 있다. 오래전에는 그 계곡도 세상과 통해 있어서 사람들이 아찔한 협곡과 꽁꽁 언 고개를 넘어 안쪽의 평탄한 초원으로 갈 수 있었다. 실제로 페루 혼혈 가족 두엇이 스페인 통치자의 탐욕과 폭정을 피해 그리로 달아났다. 그 후 민도밤바 화산이 크게 요동을 쳤을 때, 에콰도르의 수도 키토가 17일 동안 어둠에 잠기고 야구아치에서 물

---

[*] 침보라소와 코토팍시는 모두 에콰도르의 화산이다. 하지만 이 작품에는 가상의 지명도 여럿 나온다.

이 끓어 죽은 물고기가 과야킬까지 떠내려왔다. 산맥의 태평양 쪽 경사면 전역에 산사태가 나고, 급격히 눈이 녹아 홍수가 일었으며, 아라우카 산마루의 한 면 전체가 굉음 속에 무너져서 눈먼 자들의 나라를 탐사 불가능한 오지로 고립시켰다. 그런데 이 대격변의 순간에 그곳의 초기 주민 한 명이 우연히 계곡 바깥에 나와 있었고, 그는 어쩔 수 없이 거기 남겨둔 아내와 아이, 친구와 재산을 잊고 아래 세상에서 새 삶을 시작해야 했다. 하지만 병에 걸린 몸에 실명이 닥쳤고 광산에서 고초를 겪다가 죽고 말았다. 그러나 그가 들려준 이야기는 전설이 되어 오늘날까지 안데스산맥 전역에 남아 있다.

그는 자신이 그 성채에서 위험을 무릅쓰고 나오게 된 경위를 말해주었다. 그는 어린 시절 짐을 잔뜩 실은 라마 등에 묶여 거기 들어갔는데, 그 계곡에는 사람이 소망할 수 있는 모든 게 다 있다고 했다. 맑은 물과 목초지가 있고, 기후도

온화하고, 비탈의 기름진 갈색 흙에 자라는 덤불에는 맛 좋은 열매가 열렸다. 계곡 한쪽 면은 고지의 울창한 소나무 숲이 눈사태를 막아주었다. 나머지 삼면은 얼음으로 덮인 거대한 녹회색 바위 절벽이 둘러싸고 있었다. 그런데 빙하에서 녹아내린 물은 마을 반대쪽 비탈로 흘러내렸고, 얼음 덩어리도 그 계곡으로는 아주 이따금 떨어질 뿐이었다. 계곡에는 비도 눈도 내리지 않았지만 샘이 많아 목초지가 푸르렀고, 용수로가 계곡 구석구석에 물을 댔다. 주민들의 삶은 윤택했다. 짐승들도 잘 먹고 새끼를 잘 쳤는데, 한 가지 문제가 이런 행복을 훼손시켰다. 이상한 병이 퍼져서 새로 태어나는 아이들 모두, 그리고 조금 더 나이든 아이들 몇 명까지 시력을 잃은 것이다. 그가 막대한 수고를 들여가며 위험과 곤란을 무릅쓰고 협곡을 내려온 이유도 바로 그 병을 치료할 부적이나 해독제를 찾기 위해서였다. 당시에는 그런 일이 생기면 사람들은 병균이나 감염보다 죄를 떠올렸고, 그도 계곡 주민들이 영적으로 태만해서 거기 들어간 후 사제도 없이 지내고 성소도 짓지 않은 탓에 이런 병이 닥쳤다고 생각했다. 그는 계곡에 기품 있고 소박하고 적절한 성소를 세우기를 원했다. 성인의 유물 같은 강력한 성물, 축복받은 물건들과 신비로운 메달, 기도문을 원했다. 그의 지갑에는 순은(銀) 덩어리가 하나 있었는데 그는 그것에 대해서는 설명하려 하지 않았다. 계곡에는 은이 없다고 주장하며 한사코 부정하는 그 모습은 꼭 서툰 거짓말쟁이 같았다. 주민들이 병의 치료법을 찾기 위해 돈과 장신구를 모았다고, 그곳에는 보물이 별로 필요하지 않다고 했다. 나는 산에서 내려온 이 눈 침침한 젊은이를 생각해 본다. 볕에 타고 해쓱하고 초조한 얼굴, 모자챙을 불안하게 움켜쥔 모습, 바깥세상 방식에 익숙하지 않은 그가 어느 세심한 사제에게 이런 이야기를 한 뒤 대격변을 맞이하는 모습. 그는 얼른 병의 치료법을 가지고 계곡으로 돌아가고 싶었을 테니, 계곡과 세상을 이어주던 통로가 거대한 산사태로 막히자 끝없이 좌절했을 것이다. 나는 그의 불행한 이야기가 어떻게 이어졌는지는 모르고 다만 그가 몇 년 후에 안타깝게 죽었다는 사실만 안다. 까마득한 오지에서 온 떠돌이! 한때 협곡을 흐르던 개천은 이제 바위 동굴에서 흘러나오고, 그가 전한 믿기 어려운 이야기는 '저쪽' 어딘가에 눈먼 자들의 세상이 있다는 전설이 되어 오늘날에 이르고 있다.

그 병은 이제 세상에서 고립되고 잊힌 그 계곡을 완전히 휩쓸고 지나갔다. 노인들은 주위를 더듬거리며 다녔고, 젊은이들도 시력이 약해졌으며, 그들이 낳은 아이들은 아무것도 보지 못했다. 하지만 바깥세상과 단절된 설산 분지의 삶은 여유로웠다. 그곳에는 가시나무도 가시덤불도 해충도 없었고, 짐승이라고는 그들이 처음에 마른 강바닥을 거슬러 협곡을 올라올 때 데리고 온 온순한 품종의 라마들뿐이었다. 시력 저하는 아주 점진적으로 일어나서 처음에 사람들은 자신들이 시력을 잃어가고 있다는 것조차 잘 몰랐다. 그들은 맹인으로 태어난 아이들을 데리고 다니면서 계곡 전체를 구석구석 잘 알게 해주었기에, 모두가 완전히 실명하게 된 뒤에도 사람들은 문제없이 살아갔다. 그들은 실명 상태로도 불을 다룰 줄 알게 되어서 돌 화덕에 신중하게 불을 지폈다. 본래 그들은 소박한 사람들이라 글도 모르고 스페인 문명의 영향도 크게 받지 않았지만, 고대 페루의 예술과 사라진 철학은 약간 간직하고 있었다.

이후 여러 세대가 이어졌다. 계곡에서 살아가는 이들은 많은 것을 잊었고 많은 것을 고안했다. 그들이 알던 바깥세상의 전통은 현실감을 잃고 희미해졌다. 그들은 시력을 제외한 모든 면에서 뛰어난 능력을 갖게 되었고, 곧 출생과 유전적 우연을 통해 독창적 정신과 카리스마를 지닌 사람이 나타났고, 얼마 후 또 한 명 나타났다. 그들이 떠난 뒤에도 유산은 남았고, 산속의 작은 공동체는 인구도 늘고 지혜도 늘어서 여러 가지 사회 경제적 문제를 해결해 나갔다. 세대가 이어지고 또 이어졌다. 그러다 마침내 신의 도움을 구하고자 은 덩어리를 가지고 계곡을 나갔다가 돌아오지 못한 이의 15대 후손이 태어났다. 그리고 그 무렵 바깥세상에서 살아가던 한 남자가 우연히 이 공동체로 들어오게 되었다. 이것은 그 남자의 이야기다.

누녜스는 키토 근처의 산골 출신으로, 바다까지 나아가 세상을 경험했고 책도 독창적으로 읽는 영리하고 진취적인 사람이었다. 어느 날 영국인 한 무리가 에콰도르로 산악 여행을 왔는데, 안내를 맡은 스위스 가이드 셋 중 한 명이 병에 걸려 누녜스가 그 대타로 들어가게 되었다. 그는 이 산 저 산을 올랐고, 이후 안데스산맥의 마테호른인 파라스코토페틀산을 등반하던 도중 실종되었다. 사고와 관련해서는 열두 건의 글이 작성되었는데, 그중 포인터의 것이 최고다. 그 글은 소규모 등반대가 수직에 가까운 험준한 길을 기어올라 마지막이자 가장 높은 절벽의 발치까지 간 일, 눈 덮인 평평 바위에 텐트를 친 일, 이어 누녜스의 실종을 발견하게 된 경위를 극적인 필치로 설명했다. 사람들이 밤을 새워 호루라기를 불고 소리쳐 불러도 대답은 돌아오지 않았다.

아침이 밝자 사람들은 누녜스가 추락한 흔적을 발견했다. 그는 소리도 내지 못했던 것 같다. 그가 떨어진 곳은 미지의 영역인 산의 동쪽이었다. 그는 눈 덮인 가파른 비탈에 떨어져서 눈사태를 일으키며 미끄러져 내려갔다. 눈에 난 자국은 무시무시한 절벽 끝까지 뻗어갔고 그 너머로는 아무것도 보이지 않았다. 그 아득한 깊이, 너무 멀어서 뿌옇기만 한 곳에 좁고 사방이 막힌 계곡과 거기 자라는 나무들이 보였다. 바로 그 계곡이 눈먼 자들의 잊힌 나라였지만 사람들은 그 사실을 몰랐고, 그곳이 여느 계곡들과 다르다는 것도 알아보지 못했다. 오후가 되자 낙심한 등반대는 등반을 포기했고, 포인터는 전쟁터에 불려갔다. 파라스코토페틀의 산마루는 오늘날까지 정복되지 않았고, 포인터의 캠프도 눈 속에 파묻힌 채 버려져 있다.

그런데 추락한 사람은 살아남았다.

그는 비탈 끝에서 300미터를 낙하해서 더 가파른 다른 비탈의 눈더미 위로 떨어졌다. 정신을 잃고 데굴데굴 굴렀지만 뼈는 하나도 부러지지 않았다. 완만한 경사면에 이르러 움직임이 멈추자 그는 자신과 함께 구르며 목숨을 구해준 폭신한 눈 더미 속에 가만히 누워 있었다. 마침내 정신이 들었을 때 그는 잠시 아파서 침대에 누워 있는 것 같다고 생각했다. 이윽고 산골 출신의 감각으로 자신의 상황을 깨닫고 눈 더미를 빠져나와 별을 보았다. 그는 한동안 바닥에 엎드려서 그곳이 어디인지, 무슨 일이 일어났는지 생각해보았다. 몸을 살펴보니 단추 몇 개가 떨어지고 코트가 머리 위로 뒤집혀 있었다. 주머니에 있던 칼이 사라지고 턱 끈으로 묶어두었던 모자도 없었다. 문득 자신이 텐트를 치려고 돌멩이들을 찾던 일이 기억났다. 얼음도끼도 사라지고 없었다.

그는 실족했다고 결론을 내리고 자신이 떨어져 내린 까마득한 높이를 올려다보았다. 파리한 달빛 아래 절벽은 더 아득해 보였다. 그는 잠시 자리에 누워 거대하게 솟은 창백한 절벽을 멍하니 바라보았다. 절벽은 물러가는 어둠 속에서 계속 더 높이 솟아오르는 것 같았다. 그는 그 환상적이고 신비로운 아름다움에 잠시 넋을 잃었다가 이내 발작하듯 울음 섞인 웃음을 터뜨렸다…….

시간이 한참 지난 뒤에야 그곳이 눈밭의 아래쪽 가장자리라는 걸 깨달았다. 달빛 비치는 적당한 경사의 비탈 아래로 바위와 풀밭이 드문드문 보였다. 그는 쑤시는 몸을 추슬러 일어선 뒤 눈더미를 빠져나왔다. 그리고 풀밭까지 내려가 바위 옆에 누운 뒤 안주머니의 물병을 꺼내 물을 마시고 바로 잠들었다……

그러다 아래쪽 멀리 나무들에서 새들이 노래하는 소리에 잠이 깼다.

일어나 앉아보니 그곳은 큰 절벽 기슭에 있는 작은 초지였다. 그 절벽에 깊이 팬 도랑을 타고 눈 더미와 함께 떨어져 내린 것이다. 머리 위로 바위벽 또 하나가 우뚝 솟아 있었다. 두 절벽 사이 동서 방향으로 뻗은 협곡에 아침 햇살이 가득 밀려들었고, 협곡 아래쪽을 막은 서쪽의 산사태 더미가 그 빛을 받아 환히 보였다. 아래쪽에도 비슷하게 가파른 절벽이 있는 듯했지만 도랑의 눈 더미 뒤쪽에 녹은 물이 똑똑 떨어지는 틈새가 있었다. 절박한 사람이라면 시도해 볼 만한 길이었다. 틈새 길은 보기보다 쉬웠고, 그는 비슷하게 황량한 또 다른 초지에 이르렀다. 별 어려움 없이 바위에 오르니 나무들이 있는 가파른 비탈이 나왔다. 그는 주변을 살피다가 고개를 돌려 협곡을 보았다. 협곡 아래쪽에 푸른 초원이 펼쳐지고, 거기 낯선 형태의 석조 오두막들이 선명했기 때문이다. 그는 이따금 벽을 기어내리듯 움직여야 했고, 얼마간 시간이 흐르자 햇빛이 협곡을 빠져나가 어두워지고, 새들도 노래를 멈추었으며, 공기가 차가워졌다. 그러자 먼 계곡의 집들은 더 뚜렷해졌다. 그러다 돌너덜에 이르렀는데 강력한 힘으로 돌 틈새를 빠져나오려는 손처럼 생긴 낯선 고사리가 보였다. (그는 관찰력이 뛰어났다.) 줄기를 씹어보니 먹을 만했다.

정오 무렵 그는 마침내 협곡을 빠져나와 해가 비치는 평지에 들어섰다. 온몸이 뻣뻣하고 피로했다. 그는 바위 그늘에 앉아 물병에 샘물을 채워 마시며 잠시 쉬었다가, 일어나서 마을로 향했다.

집집마다 모양이 아주 이상했고, 계곡 전체가 자세히 볼수록 기이하고 낯설었다. 사방에 예쁜 꽃이 가득하고 용수로가 촘촘히 흐르는 초원으로, 구획을 나누어 체계적으로 경작하는 것 같았다. 장벽과 원형 수로 같은 것이 계곡 위쪽을 에 워쌌고, 그 수로에서 작은 물줄기가 흘러나와서 초원의 식물들을 적셨다. 더 높은 비탈에서는 라마들이 빈약한 초목을 뜯어먹었다. 라마 우리로, 또 라마에게 사료를 먹일 때 쓰이는 듯한 헛간들이 마을 경계의 절벽 아래 여기저기 서 있었다. 용수로들은 계곡 중심부에서 하나의 운하로 합쳐졌고, 운하 양옆에는 가슴 높이의 벽이 있었다. 그것은 이 외진 장소에 특이하게 도시적인 느낌을 안겨주었고, 흑백의 돌을 깔고 신기한 갓돌을 놓은 길들이 질서정연하게 뻗은 모습도 마찬가지였다. 마을 중앙부의 집들은 그가 알던 산촌의 얼기설기 지은 집들과 전혀 달랐다. 그 집들은 놀라울 만큼 깔끔한 중앙 도로 양옆에 일렬로 늘어서 있었다. 그런데 집들의 알록달록한 정면부에는 문만 있고 창문은 보이지 않았다. 외벽들은 회색, 회갈색, 또 어디는 회청색, 암갈색으로 칠해진 불규칙한 얼룩무늬였다. 이 어지러운 외벽을 보고 그에게 가장 먼저 든 생각은 '눈이 멀었나?'였다. '집을 이렇게 칠하다니 눈이 멀어도 단단히 멀었군.'

그는 경사진 산길을 내려가서 마을을 감싼 장벽과 운하 앞에 도착했다. 운하는 협곡 아래로 남는 물을 흘려보내고 있었다. 조금 멀리 떨어진 곳에는 여러 명의 남녀가 풀 더미 위에 낮잠 자듯 쉬고 있었고, 마을 근처에는 아이들이 누워 있는 모습이 보였다. 가까운 곳에는 세 남자가 장대로 양동이를 매고 경계 장벽과 마을을 연결하는 길을 걸어가고 있었다. 그들은 라마 털로 짠 옷을 입었고, 가죽 장화와 벨트, 뒤통수와 귀 부분이 길게 늘어진 모자를 착용했다. 그들은 밤이라도 샌 것처럼 하품을 하며 천천히 한 줄로 걸었다. 그들의 태도가 너무도 평화롭고 점잖아서 누녜스는 잠시 망설였지만, 결국 바위에 올라서서 자기 모습을 한껏 드러낸 채 온 계곡을 울릴 만큼 요란하게 고함을 쳤다.

세 남자는 걸음을 멈추고 주변을 두리번거리듯 머리를 움직였다. 그들이 이리저리 고개를 돌리자 누녜스가 크게 손짓했다. 하지만 그들은 그를 보지 못한 듯했고, 잠시 후 먼 산이 있는 오른쪽으로 가면서 대답하듯 소리쳤다. 누녜스가 두 번, 세 번 소리치고 요란스럽게 몸짓을 해도 소용이 없자 그는 다시 한번 '눈이 멀었나?' 하는 생각이 들었다. "저 얼간이들은 다 눈이 멀었나 봐." 그가 말했다.

한참 동안 소리치며 열을 올린 누녜스는 마침내 개천에 놓인 작은 다리를 건너서 장벽에 난 문 안으로 들어갔다. 가까이서 보니 그들은 정말로 눈이 멀어 있었다. 그는 이곳이 전설로 내려오던 눈먼 자들의 나라라는 걸 깨달았다. 그러자 남들이 부러워할 만한 대단한 모험에 나선 듯한 기분이 들었다. 나란히 선 세 남자는 그를 쳐다보지는 않았지만 그에게 귀를 기울이고 낯선 발소리를 신중하게 듣고 있었다. 그들은 두려운 기색으로 바짝 붙어 서 있었는데, 모두 눈꺼풀이 움푹한 것이 안쪽의 눈알이 쪼그라들어 사라진 것 같았다. 그들의 얼굴에 두려움 비슷한 표정이 어렸다.

"사람인지 귀신인지." 한 사람이 알아듣기 힘든 스페인어로 말했다. "사람인지 귀신인지가 바위 지대에서 내려왔어."

누녜스는 인생을 시작하는 젊은이답게 당당한 걸음으로 그들에게 다가갔다. 사라진 계곡과 눈먼 자들의 나라에 대한 옛이야기가 새록새록 떠올랐고 머릿속에 이런 속담이 후렴처럼 반복되었다.

눈먼 자들의 나라에서는 애꾸가 왕이다.

눈먼 자들의 나라에서는 애꾸가 왕이다.

누녜스는 그들에게 점잖게 인사했다. 그리고 말하면서 눈으로 그들을 살폈다.

"이 사람이 어디서 왔지, 페드로 형제?" 한 사람이 물었다.

“바위 지대에서 나왔어.”

“저는 저 산 너머에서 왔어요.” 누네스가 말했다. “사람들이 눈이 있어서 앞을 보는 나라에서요. 수십만 명이 사는 도시 보고타*에서 멀지 않아요. 거기서 보고타를 볼 수는 없지만요..”

“뭘 할 수 없다고?” 페드로가 말했다.

“저 남자는 바위 지대에서 나왔어.” 두 번째 맹인이 말했다.

누네스가 보니 그들이 입은 옷도 모양이 특이하고 바느질 방법도 각기 달랐다.

남자들이 동시에 모두 한 손을 뻗고 다가오자 깜짝 놀란 그는 그들의 벌린 손가락을 피해 뒤로 물러섰다.

“이리 와봐.” 세 번째 맹인이 누네스의 동작을 파악하고 그를 탁 붙잡았다.

그들은 누네스를 잡고는 아무 말 없이 그의 몸

---

* 이웃 국가 콜롬비아의 수도. 에콰도르의 수도 키토보다 훨씬 크다.

을 샅샅이 더듬었다.

"조심하세요." 손가락이 눈을 찌르자 누녜스가 소리쳤다. 그들에게는 그의 눈꺼풀이 깜박이는 게 이상한 모양이었다. 그들은 다시 그를 더듬어 확인했다.

"이상한 동물이야, 코레아." 페드로라고 불린 사람이 말했다. "머리털 좀 만져봐. 라마 털처럼 뻣뻣해."

"바위 지대에서 나와서인지 바위처럼 거칠거칠하네." 코레아가 부드럽고 축축한 손으로 누녜스의 수염 난 턱을 만지며 말했다. "크면 매끈해질 수도 있어." 누녜스는 몸을 살짝 버둥거려보았지만 그들의 힘은 강했다.

"조심하세요." 그가 다시 말했다.

"말도 해. 아무래도 사람 같아." 세 번째 남자가 말했다.

"으!" 페드로가 누녜스의 거친 코트를 만지고 말했다.

“지금 세상에 나온 거야?” 페드로가 물었다.

“아니, 다른 세상에 있다가 왔죠. 산과 빙하 너머, 저기 우뚝 솟은 봉우리 너머, 열이틀을 걸어가야 바다가 나오는 큰 세상에 있다가요.”

그들은 그의 말을 귀담아듣는 것 같지 않았다. “조상님 말씀에 따르면 자연의 힘에서 사람이 만들어지기도 해.” 코레이가 말했다. “자연의 온기와 습기, 특히 부패에서.”

“원로들께 데려가자.” 페드로가 말했다.

“먼저 소리부터 질러야지.” 코레아가 말했다. “아이들이 놀라면 안 되니까…… 정말 신기한 일이야.”

그래서 그들은 소리를 질렀고, 그런 뒤 페드로가 누녜스의 손을 잡고 마을로 데려갔다.

누녜스가 손을 뿌리치고 말했다. “나는 시력이 있어요.”

“시력?” 코레이가 말했다.

“네, 시력이요.” 누녜스가 말하고 그를 향해 돌

아서다가 페드로의 양동이에 부딪혔다.

"이자는 아직 감각이 미숙해." 세 번째 맹인이 말했다. "양동이에 부딪히고 뜻도 없는 말을 지껄여. 우리가 손을 잡고 데려가야 돼."

"그러시든지요." 누네스는 웃으면서 그들에게 이끌려 갔다.

그들은 시력이라는 게 뭔지 전혀 모르는 것 같았다.

그렇다면 이제 그가 가르쳐줄 것이다.

여기저기서 사람들이 소리치더니 마을 중앙 도로에 많은 사람이 모여들었다.

그런데 눈먼 자들의 나라 주민들과의 첫 대면은 생각보다 자신감과 인내심을 갉아먹는 일이었다. 가까이서 보니 마을은 더 커 보였고 알록달록한 벽은 더 이상했으며, 남녀노소(예쁜 여자들도 꽤 보여서 그는 은근히 기뻤다. 감긴 눈꺼풀이 푹 꺼져 있는데도 아름다웠다) 모두 모여 그를 붙들고 예민한 손끝으로 만지고, 킁킁 냄새 맡고, 그의 입에서 나오는 모든 말에 귀를 기울였다. 하지만 몇몇 여자와 아이들은 두려운 듯 멀리 떨어져 있었고, 실제로 그의 목소리는 이곳 사람들의 조곤조곤한 목소리에 비하면 거칠고 무례한 느낌이 있었다. 사람들이 모여들자, 애초의 세 남자는 누네스를 소유하기라도 한 것처럼 꼭 붙들고 거듭 말했다. "바위에서 나온 해괴한 인간이야."

"보고타에서 왔어요, 보고타." 누네스가 말했다. "산마루 너머에 있는."

"해괴한 인간이 말도 해괴하게 하네." 페드로가 말했다. "들었어? 보고타라니? 아직 정신이 덜 자랐어. 말도 제대로 못해."

한 꼬마가 누네스의 손을 꼬집고 "보고타!" 하고 놀렸다.

"그래요! 보고타는 대도시예요. 나는 넓은 세상에서 왔고, 거기 사람들은 눈으로 세상을 봐요."

"이름이 보고타래." 그들이 말했다.

"양동이에 부딪혔어. 여기로 오다가 두 번이

나.” 코레아가 말했다.

“원로들께 데리고 가자.”

그들은 누네스를 어느 집으로 데리고 가서 갑자기 칠흑처럼 캄캄한 방 안에 밀어 넣었다. 빛이라고는 안쪽 끝에서 희미하게 타오르는 불빛뿐이었다. 등 뒤로 밀려든 군중이 희미한 햇빛을 거의 가렸다. 그는 미처 몸을 가누지 못하고 앞에 앉은 사람의 발치에 고꾸라졌다. 그리고 넘어지면서 팔을 휘젓다가 누군가의 얼굴을 때렸다. 부드러운 이목구비가 손에 스쳤고 분노의 외침이 들려왔다. 그는 잠시 자신을 잡은 손들을 뿌리치려고 버둥거려 보았지만 소용없었다. 상황을 파악한 그는 결국 저항을 멈추었다.

“내가 넘어졌어요.” 그가 말했다. “너무 어두워서 아무것도 안 보여요.”

주변의 눈먼 자들이 그 말이 무슨 뜻인지 생각해 보는 듯 짧은 침묵이 흘렀다. 그러더니 코레아의 목소리가 들렸다. “이 사람은 세상에 나온

지 얼마 안 됐어요. 걸으면서 자꾸 부딪히고 뜻도 없는 이상한 말을 지껄여요."

다른 사람들도 이 사람은 잘 듣지도 못하고 말귀도 못 알아듣는다고 입을 모았다.

"일어나 앉아도 될까요?" 누녜스가 망설이며 말했다. "이제 가만히 있을게요."

그들은 상의하더니 그래도 된다고 했다.

연로한 남자처럼 들리는 목소리가 질문을 시작했고, 누녜스는 어둠 속에 앉은 눈먼 자들의 나라의 원로들에게 자신이 살았던 넓은 세상과 하늘과 산, 눈으로 보는 일처럼 멋진 것들에 대해 이야기했다. 하지만 놀랍게도 그들은 그의 말을 전혀 믿지 않았고, 이해도 하지 못했다. 그 말의 뜻 자체를 몰랐다. 이 사람들이 시력을 잃고 바깥세상과 단절된 지 어언 14세대가 지나 있었다. 눈이나 시력과 관련된 단어는 모두 사라지거나 변했다. 바깥세상 이야기도 아이들 동화 속으로 사라졌다. 그들은 마을을 둘러싼 장벽과 그 위쪽 바위 비탈 너머에 대해서는 모든 관심을 끊었다. 이따금 그들 중 천재가 나타나서 그때까지 잔존하던 시력이 있던 시절의 믿음과 전통에 의문을 던지고, 그 모든 걸 공상으로 치부하며 새롭고 합리적인 설명을 내놓았다. 그들은 시력을 잃으면서 기존의 상상력을 대부분 상실했고, 예민해지는 귀와 손끝을 통해 새로운 상상력이 태어났다. 누네스는 자신이 바깥세상 출신이고 시력이 있다는 사실이 이곳에서 아무런 감탄과 존경을 끌어낼 수 없다는 걸 차츰 깨달았다. 시력을 설명하려는 그의 노력이 갓 세상에 나온 자의 혼란스런 감각의 산물로만 여겨지자 그는 낙심해서 입을 다물고 가만히 그들의 지시를 들었다. 눈먼 자들의 최고 원로가 누네스에게 인생과 철학과 종교를 설명했다. 세상(그러니까 그들의 계곡)은 원래 아무것도 없는 바위 지대의 분지였는데 거기에 먼저 촉각도 없는 무생물이 생겨나고, 이어 라마처럼 감각이 거의 없는 것들이 생겨나고,

그 뒤로 사람이 생겨났으며, 마지막으로는 노랫소리와 날갯짓소리는 들려도 손으로 만질 수는 없는 천사들이 생겨났다고 했다. 누녜스는 마지막 이야기에 어리둥절해하다가 그것이 새를 가리킨다는 걸 깨달았다.

원로는 이어 누녜스에게 시간은 따뜻한 시간과 추운 시간으로 나뉘는데(그것이 눈먼 이들 기준의 낮과 밤이었다), 따뜻할 때 자고 추울 때 일하는 게 좋기 때문에 지금은 그가 나타나지 않았다면 모두 자고 있었을 거라고 말했다. 누녜스가 창조된 이유는 분명 그들이 얻은 지혜를 배우고 섬기기 위해서이니, 비록 정신도 오락가락하고 발걸음도 비틀거리지만 용기를 갖고 최선을 다하라고 하자 문간에 모인 사람들이 일제히 격려의 말을 던졌다. 원로는 이어 밤—눈먼 자들은 낮을 밤이라고 불렀다—이 깊었으니 모두 잠자리로 돌아가라고 말했다. 그가 누녜스에게 잠자는 법을 아느냐고 묻자, 누녜스는 알지만 그 전에 먼저 뭘 좀 먹고 싶다고 했다.

사람들이 라마 젖 한 그릇과 소금을 넣은 거친 빵을 가져온 뒤 다른 사람들에게 방해가 되지 않도록 그를 한갓진 곳으로 데리고 갔다. 식사를 마치면 선선한 저녁이 되어 사람들이 일과를 시작할 때까지 푹 자라고 했다. 하지만 누녜스는 잠을 자지 않았다.

그는 사람들이 데려다준 곳에 가만히 앉아 휴식을 취하면서 이런 예기치 못한 상황에 대해 여러 가지로 머리를 굴려보았다.

이따금 웃음이 터졌다. 재미있다는 느낌도 들었지만 동시에 분노도 일었다.

"정신이 미숙하고 감각이 없다고!" 그가 중얼거렸다. "이 사람들은 하늘이 보낸 왕이자 지배자를 모욕하고 있어. 내가 이 자들을 깨우쳐줘야 해. 방법을 생각해 보자, 방법을."

그는 해가 질 때까지 생각을 거듭했다.

아름다운 것을 알아보는 심미안을 지닌 누녜

스에게 계곡 주변 설원과 빙하 위에 펼쳐진 노을은 평생 처음 보는 절경이었다. 그는 하늘의 영광에서 눈을 돌려 마을과 잘 정비된 들판이 차츰 어둠에 잠겨드는 모습을 보았다. 마음속에 뜨거운 감정이 밀려들어서 그는 자신에게 시력을 준 신에게 깊은 감사를 바쳤다.

마을에서 누가 그를 불렀다. "어이, 보고타! 이리 와!"

누녜스는 웃으며 일어섰다. 이들에게 시력이 있는 자의 능력을 보여줄 생각이었다. 그들은 그를 찾으려 해도 찾지 못할 것이다.

"움직이지 마, 보고타." 목소리가 들려왔다.

그는 조용히 웃고 살그머니 길에서 두 걸음을 벗어났다.

"풀밭에 들어가지 말라고, 보고타. 거기는 출입 금지야."

자신의 발소리가 거의 들리지 않았기에 누녜스는 깜짝 놀랐다.

목소리의 주인이 흑백의 돌이 깔린 길을 달려서 그에게 왔다.

누녜스는 다시 길로 돌아가서 말했다. "나 여기 있어."

"불렀을 때 왜 안 왔어?" 눈먼 자가 말했다. "어린애처럼 손을 잡고 데려가야 해? 발소리를 들으면 길을 알 수 있잖아."

누녜스가 웃고 말했다. "하지만 난 눈으로 봐."

"본다니 무슨 해괴한 소리야?" 맹인이 잠시 가만히 있다가 말했다. "되도 않는 소리 집어치우고 내 발소리 잘 따라와."

누녜스는 약간 기분이 상해서 따라갔다.

"나의 시간이 올 거야." 그가 말했다.

"넌 이제 배워야 해. 세상에는 배울 게 많아." 맹인이 말했다.

"그런 말 못 들어봤어? '눈먼 자들의 나라에서는 애꾸가 왕이다'라고?"

"눈이 멀었다는 게 무슨 소리야?" 맹인이 고개

를 뒤로 돌리고 건성으로 물었다.

나흘이 지났다. 닷새째 날에도 눈먼 자들의 왕은 아직 백성들의 인정을 받지 못한 채 굼뜨고 못난 외지인으로 여겨졌다.

그들의 왕이 되기란 예상보다 훨씬 어려웠다. 그는 쿠데타를 궁리하는 가운데 사람들 지시에 따르면서 눈먼 자들의 나라의 풍습을 익혔다. 특히 밤에 일하고 움직이는 게 불편해서 그걸 가장 먼저 바꾸기로 했다.

그들은 단순하고 성실한 삶을 살았고, 인간에게 알려진 미덕과 행복의 모든 요소를 누렸다. 근면하게 일했지만 방식은 억압적이지 않았다. 먹을 것과 입을 것이 충분했고 휴식일과 휴식 철이 있었다. 음악과 노래를 즐겼고 어른 아이를 막론하고 사랑이 넘쳤다.

그들은 그 질서정연한 세계를 놀라울 만큼 편안하고 정확하게 움직였다. 모든 것이 그들에게 맞추어져 있었다. 계곡에 방사형으로 뻗은 길은 다른 길들과 모두 각도가 일정했고 갓돌의 특별한 새김으로 서로 구별이 가능했다. 길과 초원의 장애물과 돌출물은 오래전에 모두 치워졌다. 모든 방식과 절차는 그들의 특수성에 맞춰서 자연스럽게 생겨난 것이었다. 그들의 감각은 예리하기 이를 데 없었다. 십여 걸음 거리에 있는 사람의 작은 몸짓도 소리로 구별하고 그의 심장 박동 소리까지 들었다. 억양이 표정을, 손길이 몸짓을 대체한 지 오래였고, 들에서 괭이와 삽과 쇠스랑을 휘두르는 일에 부자연스러움이 전혀 없었다. 후각은 비범할 만큼 정교했다. 그들은 개 못지않은 후각으로 개개인의 차이를 파악했고, 바위 지대에 살며 먹이와 대피소가 필요할 때 장벽으로 내려오는 라마들을 수월하게 돌보았다. 누녜스가 그들의 움직임이 얼마나 능란한지 확실히 알게 된 때는 그들에게 자기 주장을 펼치려고 시도하면서였다.

누녜스는 반란을 일으키기 전에 먼저 설득을

시도했다. 그는 몇 차례에 걸쳐 사람들에게 시력을 설명하려고 했다. "여러분, 나한테는 여러분이 이해하지 못하는 게 있어요."

누녜스의 말에 두어 명이 주의를 기울였다. 그들은 고개를 숙이고 앉아 귀를 쫑긋 기울였고, 그는 최선을 다해 시력이 무엇인지 설명했다. 청중 가운데 젊은 여자가 한 명 있었다. 눈꺼풀이 남들보다 덜 붉고 덜 움푹해서 언뜻 보면 그냥 눈을 감은 것처럼 보이는 여자였고, 그는 특히 그녀를 설득하고 싶었다. 그가 눈으로 보는 것의 아름다움, 산과 하늘과 일출의 아름다움에 대해 말하면 그들은 신기한 듯 듣다가 반발했다. 이 세상에 산이란 건 없고, 라마가 풀을 뜯는 바위 지대가 세상의 끝이라고 했다. 바위 지대에 우주의 지붕이 거대하게 솟아 있어서 이슬도 눈더미도 거기서 떨어진다고. 누녜스가 세상에는 끝도 없고 그런 지붕도 없다고 주장하자 그런 생각은 사악하다고 했다. 그가 하늘과 구름과 별에 대해 아무리 설명해도, 그들이 믿는 바위 지대 위의 지붕과 비교하면 그런 것은 끔찍한 허공이나 섬뜩한 공백으로 여겨지는 것 같았다. 그들은 그 지붕이 더없이 매끈하다고 철석같이 믿었다. 누녜스는 자신이 사람들에게 일종의 충격을 준 것 같아서, 시력의 장점을 설명하는 대신 시력을 통해 얻는 현실적 이점을 보여주려고 했다. 어느 날 아침 누녜스는 페드로가 17번 길을 걸어 마을 중심부 쪽으로 오는 모습을 보았다. 하지만 발소리를 듣거나 냄새를 맡기에는 아직 거리가 좀 있었기에 그가 사람들에게 예언하듯 말했다. "페드로가 금방 이리 올 거예요." 그러자 한 노인이 페드로는 17번 길로 올 일이 없다고 했는데, 그러자 그 말을 확증해 주듯 페드로가 금세 방향을 바꾸어 10번 길로 들어서더니 이어 바깥 장벽 쪽으로 돌아갔다. 결국 페드로가 오지 않자 사람들은 누녜스를 놀렸다. 나중에 그가 명예를 회복하려고 페드로에게 그때 일을 꺼내 묻자, 그는 정색한 얼굴로 반박했고 그 후로 누녜스를 적대시했다.

그런 뒤 누녜스는 어느 온순한 주민 한 명과 함께 장벽 근처의 비탈진 초원까지 올라가게 해 달라고 부탁했고, 그에게 마을에서 벌어지는 모든 일을 다 말해주겠다고 설명했다. 그는 얼마간의 움직임은 파악했지만, 그 사람들에게 정말로 중요한 일, 즉 그들이 누녜스의 주장을 시험할 때 유일하게 유념하는 일은 그 창문 없는 집들 안쪽에서 벌어져서 알아낼 길이 없었다. 그래서 이 시도가 실패하고 조롱을 당하자 그는 물리력을 쓰기로 했다. 삽을 들고 느닷없이 한두 명을 때려눕혀서 시력의 이점을 보여주는 방법을 고안했다. 그래서 실제로 삽을 집어들기까지 했지만 그 순간 자신에 대해 새로운 사실을 깨달았다. 그는 눈먼 자를 냉혹하게 후려칠 수 없는 사람이었다.

누녜스가 망설이는 사이 사람들이 그가 삽을 든 걸 알아차렸다. 그들은 경계심 속에 고개를 기울이고 그가 다음에 무슨 행동을 할지 귀를 곤두세웠다.

"삽 내려놔." 누군가 말하자 누녜스는 무력한 공포감 같은 것을 느끼고 거의 복종할 뻔했다.

하지만 결국 어떤 사람을 담벼락에 밀치고 마을 밖으로 달아났다.

그는 풀밭에 발자국을 찍으며 초원을 비스듬히 올라가서 어느 길가에 앉았다. 싸움을 시작하는 흥분 같은 것도 느꼈지만 당혹감이 더 컸다. 그는 자신과 정신적 토대가 다른 사람들과는 편하게 싸우기조차 어렵다는 사실을 깨달았다. 멀리서 삽과 몽둥이를 든 남자들이 몇 개의 길에 넓게 퍼져서 그를 향해 다가오고 있었다. 그들은 빈번히 대화를 주고받으며 천천히 움직이다가 중간에 한 번씩 멈춰서 냄새와 소리를 찾았다.

처음에 그 모습을 보았을 때 누녜스는 웃었다. 하지만 그다음부터는 웃음이 나오지 않았다.

한 사람이 풀밭에 찍힌 그의 발자국을 찾더니

허리를 굽혀 손으로 길을 더듬으며 다가왔다.

누녜스는 5분 동안 그들의 대열이 천천히 퍼지는 것을 보다가 가만히 있을 수 없다는 생각에 마음이 다급해졌다. 벌떡 일어나서 장벽 쪽으로 두어 걸음 갔다가 다시 몇 걸음 돌아왔다. 사람들은 반원형으로 서서 가만히 귀를 기울이고 있었다.

그도 가만히 서서 두 손으로 삽을 움켜잡았다. 먼저 공격해야 할까?

관자놀이의 맥박에 맞추어 머릿속에서 "눈먼 자들의 나라에서는 애꾸가 왕이다!"라는 말이 울렸다.

먼저 공격해야 할까?

그는 등 뒤의 높은 장벽을 돌아보았다. 매끈하게 회칠을 해서 등반이 불가능했지만 여기저기 작은 문이 있었다. 점차 다가오는 수색대 뒤편으로 다른 사람들도 마을에서 나오고 있었다.

먼저 공격해야 할까?

"보고타! 어디 있어?" 누군가 소리쳤다.

누네스는 삽을 단단히 움켜쥐고 마을 방향으로 내려갔는데, 그가 움직이자마자 사람들이 그에게 모여들었다. "나한테 손대면 두드려 팰 거야. 두고 봐." 그가 장담하고 큰소리로 선언했다. "잘 들어. 나는 이 계곡에서 내가 하고 싶은 대로 할 거야. 알겠어? 내가 하고 싶은 일을 하고 내가 가고 싶은 곳에 갈 거야!"

사람들은 길을 더듬어서 그에게 재빨리 다가왔다. 술래잡기 같았지만 여기서는 한 사람만 빼고 모두가 눈을 가렸다는 게 달랐다. "잡아!" 누군가 소리치자 누네스는 수색대가 이룬 느슨한 곡선에 갇혔다. 그는 자신의 힘과 결단을 보여주어야 했다.

"당신들은 몰라." 그는 웅대하고 결연하게 말하려 했지만 안타깝게 목소리가 갈라졌다. "당신들은 눈이 멀었고 나는 앞을 볼 수 있어. 날 건드리지 마!"

"보고타! 삽 내려놓고 풀밭에서 나와!"

그 마지막 명령은 도시에서 흔히 듣던 것과 비슷했고, 그 기이함에 누녜스는 분노가 폭발했다.

"내가 당신들을 해칠 수 있어." 그가 격렬한 감정으로 흐느끼며 말했다. "해칠 수 있다니까. 날 건드리지 마!"

그는 어디로 가는지도 모르는 채로 달렸다. 그저 다가온 맹인을 피하기 위해서였다. 그 사람을 때릴까 봐 겁이 났다. 그는 잠시 멈춰 섰다가 수색대의 추격을 피해 돌진했다. 대열 간격이 벌어진 곳으로 향하자 사람들은 양쪽에서 그의 발소리를 알아차리고 달려들었다. 그는 앞으로 달렸지만 포획을 피할 도리가 없어 보이자 삽을 휘둘렀다. 퍽! 손과 팔에 부드러운 타격감이 전해지면서 누군가 비명을 지르며 쓰러졌고 그는 포위망을 빠져나갔다.

하지만 그가 다시 마을 근처에 이르자 맹인들이 삽과 장대를 휘두르며 계산된 듯한 속도로 사방에서 쫓아왔다.

등 뒤의 발소리에 돌아보니 키 큰 남자가 달려들면서 그에게 무기를 휘두르고 있었다. 누녜스는 기가 꺾여서 상대의 1미터 정도 옆으로 삽을 던지고 돌아서서 소리를 지르며 다른 공격자를 피해 달아났다.

누녜스는 혼이 나갔다. 정신없이 달리며 피할 것이 없는 데서도 괜히 몸을 피하고, 바쁘게 두리번거리다가 발이 걸려 비틀거렸다. 한번은 그가 넘어질 때 사람들이 그 소리를 들었다. 멀리 마을 경계의 장벽에 난 구멍들이 그에게는 마치 천국의 문처럼 보여서 미친 듯이 그리 달려갔다. 뒤도 돌아보지 않고 달려 간신히 다리를 건너고 바위 지대에 오르자 새끼 라마 한 마리가 그를 보고 놀라 달아났다. 그는 자리에 누워 흐느끼듯 숨을 헐떡였다.

그렇게 해서 그의 쿠데타는 끝났다.

그는 눈먼 자들의 계곡 장벽 바깥, 먹을 것도

몸을 피할 곳도 없는 데서 이틀을 보내며 예상치 못한 사태에 대해 곰곰이 생각했다. 그러는 와중에 스스로를 조롱하듯 자주 "눈먼 자들의 나라에서는 애꾸가 왕이다"라는 말을 되뇌었다. 그는 주로 어떻게 하면 그들과 싸워 이길지를 생각했지만 아무리 해도 방법이 없었다. 그는 무기도 없었고 이제 새로 구하기도 어려웠다.

보고타 시절 문명을 습득한 탓에 그는 마을로 내려가 눈먼 인간 하나를 죽일 수조차 없었다. 만약 그럴 수만 있다면 다음에는 모두를 죽이겠다고 협박하며 독재를 할 수 있을지도 몰랐다. 하지만 그렇게 된다 해도 그 후에 그가 24시간 눈을 뜨고 있을 수는 없었다!

그는 소나무 숲에서 먹을 것도 찾아보고 나뭇가지 아래에서 밤의 한기를 피해보려고도 했다. 그리고 라마를 잡아먹어 보려는 궁리도 어설프게 해보았지만, 라마들은 그를 바라보는 갈색 눈에 의심과 경계를 담았고 그가 다가가면 침을 뱉었다. 두 번째 날 그는 공포에 사로잡혔고, 결국 장벽 아래로 내려가서 화해를 시도했다. 그가 천변을 걸으며 소리치자 눈먼 자 두 명이 문앞으로 나와서 그를 맞았다.

"내가 미쳤었어요. 하지만 세상에 나온 지 얼마 안 됐으니까요." 누녜스가 말했다.

그들은 그가 발전했다고 말했다.

누녜스는 이제 철이 들었다고, 지금까지 한 일을 후회한다고 말했다.

그러자 자신도 모르게 울음이 터져 나왔다. 몸이 쇠약해지고 병에 걸렸기 때문이다. 그들은 그것을 좋은 신호로 여겼다.

그들이 그에게 아직도 '시력'이 있다고 우길 거냐고 물었다.

"아뇨." 그가 말했다. "그건 멍청한 소리예요. 그 말은 아무런 뜻이 없어요. 아니 없는 것만 못해요!"

그들은 장벽 바깥에 뭐가 있느냐고 물었다.

"바위 위로 높이가 사람 키 백 배 정도 되는 매끈한 지붕이 있어요……." 그는 다시 발작하듯 울음을 터뜨렸다. "이제 그만 묻고 먹을 걸 좀 줘요. 죽을 것 같아요."

누녜스는 가혹한 처벌을 예상했지만 눈먼 자들은 관용을 베풀 줄 알았다. 그의 반역 행위는 어리석음과 모자람의 결과라고 여겨졌다. 그래서 그에게 매질을 한 뒤 마을에서 가장 단순하고 힘든 일을 시켰고, 그는 달리 방법이 없어서 시키는 대로 따랐다.

사람들은 며칠 동안 앓는 그를 따뜻하게 간호했다. 이 일로 누녜스는 복종이 조금 편해졌다. 하지만 사람들이 그를 계속 어두운 데 누워 있게 하는 것은 힘들었다. 그런 뒤 눈먼 철학자들이 와서 그의 정신의 경솔함에 대해 설명하고 우주를 덮은 바위 지붕에 대한 그의 불신을 준엄하게 꾸짖으니 그는 자신이 그런 지붕을 못 보는 게 환각이 아닐까 하는 의심까지 들었다.

그렇게 누네스는 눈먼 자들의 나라의 주민이 되었다. 이제 이곳 사람들을 집단이 아니라 개인으로 알게 되었으며, 그들과 친해지자 산 바깥의 세상은 점점 아득하고 비현실적으로 느껴졌다. 그들 중에 그의 주인 야콥이 있었다. 그는 화나지 않았을 때는 친절했다. 야콥에게는 조카 페드로도 있었고, 막내딸 메디나사로티도 있었다. 메디나사로티는 눈먼 자들의 세계에서 그렇게 인기 있는 여자가 아니었다. 얼굴 윤곽이 뚜렷하고 이곳 사람들이 미의 이상으로 삼는 매끄러움이 부족했기 때문이다. 하지만 누네스는 처음부터 그녀가 아름답다고 생각했고, 곧 세상에서 가장 아름다운 피조물이라는 결론을 내렸다. 내리감은 눈꺼풀은 다른 계곡 사람들처럼 움푹 꺼지거나 불그죽죽하지 않아서 금세라도 번쩍 뜰 수 있을 것 같았다. 그리고 속눈썹이 길었는데 여기서는 그게 심각한 미적 결함이었다. 그리고 큰 목소리도 계곡 청년들의 예민한 청력에 달갑지 않았다. 그래서 그녀는 애인이 없었다.

어느 날 누녜스는 메디나사로티와 함께할 수 있다면 평생 이 계곡에서 살아도 좋으리란 생각이 들었다.

그가 그녀를 지켜보면서 기회가 될 때마다 작은 도움을 베풀자 그녀도 그에게 관심을 가지기 시작했다. 하루는 휴일 회합에서 침침한 별빛 아래 나란히 앉은 그들의 주위로 달콤한 음악이 흘렀다. 그가 그녀의 손에 손을 가져다 댔다가 용기를 내서 움켜잡자 그녀가 부드럽게 반응했다. 그 후 어느 날 그들이 어둠 속에서 함께 식사를 할 때 그녀의 손이 조심스레 그를 찾았는데, 그 순간 우연히 벽난로 불이 확 일더니 그녀의 얼굴에 어린 애정을 드러내주었다.

누녜스는 고백하기로 마음먹었다.

어느 여름밤, 달빛 아래 앉아 있는 메디나사로티에게 다가갔다. 달이 그녀에게 신비로운 은빛을 드리웠다. 그는 그녀의 발치에 앉아 사랑한다고, 자신에게는 그녀가 더없이 아름답다고 말했다. 그의 달콤한 목소리에 경외감에 가까운 존경심이 담겼고, 그녀는 그때껏 그런 찬사를 받아본 적이 없었다. 그녀는 확답하지 않았지만 기쁜 기색이 역력했다.

그 뒤로 누녜스는 기회가 될 때마다 그녀에게 말을 걸었다. 계곡은 이제 그가 살아가는 세상이었고, 산 너머의 밝은 세상은 그가 나중에 그녀에게 속삭여 줄 동화일 뿐이었다. 그는 조심스럽게 그녀에게 시력에 대해 이야기했다.

그녀는 시력을 시적인 환상으로 여기는 것 같았고, 그가 별과 산의 이야기, 그리고 그녀의 아름다운 하얀 얼굴에 관해 이야기할 때면 죄스러운 달콤함을 느끼는 듯했다. 메디나사로티는 그의 말을 믿지도 않았고 반 정도밖에 이해하지 못했지만 즐거워했고, 누녜스는 그녀가 자기 말을 다 이해한다고 느꼈다.

그의 사랑은 경외감을 떨치고 용기를 얻었다.

그는 야콥과 마을 원로들에게 결혼을 허락받고 싶었지만 그녀는 겁을 먹고 자꾸 미루었다. 그러던 중 그녀의 언니 하나가 야콥에게 메디나사로티가 누녜스와 연애 중이라는 사실을 일렀다.

누녜스와 메디나사로티의 결혼은 엄청난 반대에 부딪혔다. 그녀가 대단해서가 아니라 그를 별개의 존재, 인간 이하의 어리석고 무능한 존재로 여겼기 때문이다. 언니들은 가문의 수치라며 결혼을 격렬하게 반대했다. 야콥은 누녜스의 어수룩하고 고분고분한 태도가 싫지 않았지만 고개를 젓고 결혼은 불가능하다고 잘라냈다. 젊은 이들은 누녜스가 종족을 타락시키려 한다며 분노했고, 그중 한 사람은 욕을 하며 그를 때리기까지 했다. 누녜스도 반격했다. 저물녘인데도 그때 처음으로 그가 시력 있는 자의 이점을 보여주며 승리했고, 싸움 이후로 누구도 그에게 함부로 집적거리지 못했다. 그래도 결혼은 여전히 불가능하다고 했다.

야콥은 막내딸을 사랑했기에 딸이 그의 어깨에 기대 울자 가슴이 아팠다.

"얘야, 그자는 바보천치야. 정신이 이상하고 제대로 하는 일이 하나도 없어."

"알아요, 아버지." 메디나사로티가 흐느끼며 말했다. "하지만 전보다 좋아졌잖아요. 앞으로 더 좋아질 거예요. 그 사람은 강하고 친절해요, 아버지. 세상 어떤 남자보다 강하고 친절해요. 그리고 저를 사랑하고 저도 그 사람을 사랑해요."

야콥은 딸을 달랠 수 없어서 슬펐고 자신도 여러 면에서 누네스를 좋아했기에 더 괴로웠다. 그래서 그는 창문 없는 회의장에 가서 마을 원로들 틈에 앉아 그들의 대화를 주의깊게 듣다가 때를 골라 말했다. "그자는 그동안 좋아졌어요. 앞으로는 우리만큼 정신이 온전해질 수 있어요."

그 후 원로 한 명이 깊이 생각한 끝에 좋은 방안을 떠올렸다. 그는 마을의 의사이자 심오하고 창의적인 정신의 소유자였는데 누네스의 문제를 고칠 방법을 찾아낸 것이다. 어느 날 야콥이 회의에 오자 의사는 누녜스 이야기를 꺼냈다.

"그동안 보고타를 죽 살펴보고 결론을 내렸습니다." 그가 말했다. "치료가 가능하다고 봅니다."

"제가 간절히 바라는 바입니다."

"그자는 두뇌에 문제가 있어요." 눈먼 의사가 말했다.

원로들도 중얼거리며 그 말에 동의했다.

"그 원인이 무엇일까요?"

"아!" 야콥이 말했다.

의사는 자신이 던진 질문에 스스로 답을 했다. "우리 얼굴에 부드럽게 함몰되어 있어야 할 부위에 그는 이상한 게 있지요. 눈이라는 것 말입니다. 보고타는 거기 병이 생겨서 두뇌까지 번졌어요. 눈 부위가 돌출한 데다 속눈썹이 나고 꺼풀이 움직이니 두뇌가 불안하고 혼란스러울 수밖에요."

"아? 그런가요?" 야콥이 말했다.

"저는 그에 대한 완전한 치료법은 깔끔한 외과 수술뿐이라는 결론을 내렸습니다. 그러니까 문제 부위를 제거하는 거죠."

"그러면 그의 정신이 온전해질까요?"

"더없이 온전해져서 훌륭한 주민이 될 겁니다."

"오, 위대한 과학이여!" 야콥이 말하고 누녜스에게 곧장 달려가 이 희망찬 소식을 전했다.

하지만 누녜스가 그 기쁜 소식을 받아들이는 태도는 냉랭하고 실망스러웠다.

"자네 반응을 보면 내 딸을 별로 좋아하지 않는 것 같구먼."

이야기를 전해 들은 메디나사로티는 누녜스에게 수술을 권했다.

"설마 내가 시력을 잃기를 바라는 거야?" 그가 물었다.

그녀는 고개를 저었다.

"나는 시력으로 세상을 알아."

그녀는 고개를 푹 떨구었다.

"세상에는 작고 아름다운 것들이 있어. 꽃, 바위틈의 이끼, 가볍고 부드러운 털가죽, 먼 하늘의 솜털 구름, 노을과 별. 그리고 당신까지. 당신 하나로도 내게는 시력이 필요해. 당신의 아름답고 온화한 얼굴, 다정한 입술, 한데 맞잡은 고운 두 손을 보려면 말이야. 내가 당신을 좋아하게 된 것도 이 눈 때문이고, 당신 곁에 머문 것도 눈 때문이야. 저 얼간이들이 없애겠다고 하는 이 눈 때문이라고. 눈이 없으면 나는 당신을 촉감과 소리로만 느껴야 하고 다시는 볼 수 없게 돼. 그건 어두운 바위 동굴에 들어가는 것과 같아. 당신들이 말하는 그 끔찍한 동굴에. 안 돼. 설마 정말 나더러 그 수술을 받으라는 건 아니지?"

불쾌한 의문이 솟았지만 그는 거기서 말을 멈추고 더 이상 추궁하지 않았다.

"나는 가끔……" 그녀가 입을 열었다가 도로 다물었다.

"응." 그가 두려움 속에 말했다.

"가끔 당신이 그렇게 말하지 않았으면 좋겠어."

"그렇게라는 게 뭐야?"

"나도 당신이 상상하는 그 세계가 예쁘다는 걸 알아. 나도 좋아해. 하지만 이제……"

그는 몸에 한기를 느끼며 나직하게 물었다.

"이제?"

그녀는 가만히 앉아 있었다.

"그러니까 당신 말은…… 내가 더 좋아져야 하고…… 그러려면……"

깨달음이 확 밀려들었다. 가혹한 운명의 행보에 분노가 일었지만 동시에 그토록 이해를 하지 못하는 그녀에게 연민, 동정에 가까운 연민도 일었다.

"내 사랑." 그가 말했다. 메디나사로티의 창백한 얼굴을 보면 그녀가 말은 하지 않아도 얼마나 큰 압박을 받고 있는지 알 수 있었다. 그는 그녀를 끌어안고 귀에 입을 맞추었고, 그들은 한동안 말없이 앉아 있었다.

"만약 내가 그 결정에 동의하면?" 그가 마침내 다정한 목소리로 물었다.

그녀는 그를 끌어안고 격렬하게 흐느꼈다. "당신이 그렇게 해준다면. 그렇게만 해준다면!"

그를 열등한 노예의 지위에서 눈먼 시민들과 동등한 지위로 끌어올려 줄 수술을 앞두고 누녜스는 일주일 동안 눈을 전혀 붙이지 못했고, 모두가 편안히 잠을 자는 따사로운 시간 동안 우울하게 앉아 있거나 정처 없이 떠돌면서 자신에게 닥친 딜레마를 곱씹었다. 그는 수술을 받겠노라고 대답했지만 아직 확신이 없었다. 그러다 일과 시간이 끝나고 해가 황금빛 산마루 위로 눈부시게 떠오르면서 그가 세상을 볼 수 있는 마지막 날이 시작되었다. 그는 잠을 자러 가는 메디나사로티를 잠깐 만났다.

"내일이 되면 나는 시력을 잃어." 그가 말했다.

"내 사랑!" 그녀가 말하고 그의 손을 꽉 잡았다.

"별로 안 아플 거야." 그녀가 말했다. "그리고

당신은 고통을 이겨낼 거야. 해낼 거야. 나를 위해서…… 여자의 심장과 생명이 보답이 된다면 당신에게 그걸 줄게. 아름다운 목소리의 내 사랑, 내가 꼭 보답할게.”

누녜스는 자신과 그녀에 대한 연민에 깊이 젖어들었다.

그는 그녀를 안고 입술에 키스했다. 마지막으로 그 얼굴을 보고, 사랑스러운 모습에 한탄하듯 속삭였다. “안녕! 잘 자!”

그런 뒤 침묵 속에 돌아섰다.

메디나사로티는 멀어지는 그의 발소리를 듣고, 그 리듬에 담긴 어떤 느낌에 울음을 터뜨렸다.

그는 조용한 곳, 하얀 수선화가 핀 초원 한 구석으로 가서 희생의 시간을 기다릴 생각이었다. 하지만 가다가 고개를 들어보니 아침이 황금 갑옷을 입은 천사 같은 모습으로 비탈을 내려오고 있었다…….

그 찬란함을 마주하니 누녜스 자신도, 눈먼

자들의 계곡도, 그의 사랑도 모두 죄악 덩어리 같았다.

그는 예정과 달리 방향을 틀지 않고 계속 똑바로 걸어서 경계 장벽 너머 바위 지대까지 올라갔고, 그러는 내내 햇빛에 반짝이는 얼음과 눈을 바라보았다.

그 무한한 아름다움을 목도하니 상상력이 솟구쳐서 이제 영원히 포기해야 할 것들이 하나하나 떠올랐다.

그는 자신이 잃어버린 넓고 자유로운 세상을 생각했다. 그가 누리던 세상, 머나먼 산비탈과 그 너머에 있을 보고타까지. 보고타, 그 활기찬 아름다움의 도시, 낮은 찬란하고 밤은 신비로운 곳, 궁전이 있고 분수와 조각상이 있고 중간쯤에는 하얀 집들이 점점이 보이는 곳. 하루이틀이면 고개를 넘어 그곳의 북적이는 거리와 삶에 다가갈 수 있었다. 보고타의 강물은 도시와 마을을 지나고 숲과 사막을 지나 더 큰 세상으로 흘러간다.

흐르고 흘러 마침내 강기슭이 멀어지고 대형 증기선들이 물을 가르는 바다에 이른다. 수천수만 개의 섬을 품은 끝없는 바다, 멀리 수평선에 가물거리며 더 넓은 세상을 여행하는 배들. 그리고 거기 산에 막히지 않은 하늘이 있다. 산에 동그렇게 둘러싸이지 않고 광대하게 펼쳐진 짙푸른 하늘, 거기 별들이 뜨고 지는 모습.

그는 산의 장막을 전보다 더 유심히 살펴보았다.

만약 저 도랑을 올라 바위틈에 이르면, 협곡 위쪽을 선반처럼 두르고 위로 점점 올라가는 지대에 자란 왜소한 소나무들 사이로 나갈 수 있을지 몰랐다. 그런 다음에는? 돌너덜은 헤쳐갈 수 있을 것이다. 거기서 위로 다시 올라가는 길을 찾으면 눈밭 아래쪽의 절벽까지 갈 수 있을지도 모르고, 바위틈 코스에 실패해도 동쪽에 더 쉬운 길이 있을지도 모른다. 그 다음에는? 그러면 금빛 햇살이 쏟아지는 눈밭, 그러니까 저 아름답고 험준한 산꼭대기의 중간 높이에 이를 수 있었다.

누녜스는 마을을 슬쩍 돌아보았다가 이내 아예 몸을 돌려 한참 동안 바라보았다.

메디나사로티가 떠올랐지만 그 모습은 이미 작고 아득했다.

그는 다시 태양이 떠오른 산의 장벽을 향해 돌아섰다.

그런 뒤 신중하게 산을 오르기 시작했다.

해가 지자 등반을 멈추었지만 그사이에 꽤 높은 곳까지 올라왔다. 전에 올랐던 곳만큼은 아니지만 지금도 매우 높았다. 옷은 찢어지고 팔다리에 긁히고 찢긴 상처와 멍이 가득했음에도 불구하고, 누워서 쉬는 그의 마음은 편안하고 얼굴에는 미소가 어렸다.

거기서 보니 계곡은 1500미터 아래쪽의 구덩이에 파묻힌 것 같았다. 안개와 땅거미로 침침했지만 주변 봉우리들은 반짝거렸고 가까운 바위들에도 작은 아름다움이 깃들어 있었다. 회색 돌에 박힌 녹색 광맥, 반짝이는 결정면, 귀여운 주황 이끼 같은 것들이 누녜스의 얼굴 옆에 있었다. 협곡에는 신비로운 그림자들이 드리웠다. 푸른색이 보라색으로 변하고, 보라색은 빛나는 어둠이 되었으며, 머리 위로는 끝없이 넓은 하늘이 펼쳐져 있었다. 하지만 그는 이제 그런 것에 눈길을 주지 않고, 자신이 왕이 되려고 했던 눈먼 자들의 나라를 탈출했다는 사실만으로도 기쁜 듯 조용히 미소 짓고 누워 있었다.

노을이 멀어지면서 밤이 왔지만, 그는 여전히 평온과 만족감에 싸여 차갑고 깨끗한 별빛 아래 누워 있었다.

별

새해 첫날, 세 곳의 천문대가 거의 동시에 태양계 가장 바깥을 도는 행성 해왕성의 움직임이 이상해졌다는 사실을 발표했다. 천문학자 오길비는 12월에 이미 해왕성의 속도가 느려지는 듯한 현상에 주목을 촉구했다. 해왕성의 존재조차 모르는 사람들이 대부분인 세상에서 그런 소식은 관심을 끌지 못했다. 이어 해왕성 인근에서 작게 빛나는 점이 발견되었다는 사실도 천문학계 바깥에 이렇다 할 반향을 일으키지 못했다. 하지만 과학자들은 새로운 천체가 빠른 속도로 커지며 밝기도 더 밝아지고 있다는 점, 움직임도 여느 행성들과 달리 불규칙하다는 점, 해왕성과 그 위성의 궤도 이탈이 전례 없는 형태라는 점이 알려지기 전부터 그 사실에 큰 관심을 기울였다.

과학 교육을 받지 않은 사람들은 태양계가 얼마나 고립되어 있는지 잘 모른다. 태양과 거기 딸린 콩알만 한 행성들, 먼지 같은 소행성, 유령 같은 혜성들은 상상하기 힘들 만큼 거대한 허공 속을 움직인다. 해왕성 궤도 밖으로 인류가 관측할 수 있는 끝까지 어떤 온기도 빛도 소리도 없는 텅 빈 공간이 100만 곱하기 2,000만 킬로미터나 펼쳐져 있다. 지구에서 태양 이외의 별에 가려면 최소한 그만큼의 거리를 지나가야 한다. 스러지는 불티보다도 허약한 혜성 몇 개를 제외하면 인류는 20세기 초에 이 낯선 방랑자가 출현할 때까지 그 광막한 공간을 움직이는 존재를 알지 못했다. 그 크고 무거운 덩어리는 어느 날 갑자기 미지의 캄캄한 하늘에서 태양빛 속으로 나타났고, 이틀째 날에는 어지간한 장비로도 똑똑히 관측되었지만 크기는 작은 점 수준이었다. 위치는 사자자리 안쪽, 레굴루스 별 근처였다. 조금만 더 있으면 오페라글라스로도 볼 수 있을 터였다.

새해의 사흘째 날 세계의 신문 독자들은 하늘에 나타난 이 특이한 존재의 중요성을 처음으로 알게 되었다. 한 런던 신문은 '행성 충돌'이라는 제목의 기사에서 이 낯선 행성이 해왕성과 부딪힐 것으로 예측된다는 듀셰인의 의견을 전했다. 각 신문의 논설위원들은 이 문제에 대해 상세히 설명했다. 그래서 1월 3일에는 대부분 나라 사람들이 막연하기는 해도 하늘에 어떤 천체 현상이 나타날 거라는 기대를 품었다. 해가 지고 밤이 찾아왔을 때, 수많은 사람이 고개를 들어 하늘을 보았지만 거기 있는 것은 늘 보던 익숙한 별들뿐이었다.

런던이 새벽으로 접어들면서 쌍둥이자리의 폴룩스 별이 지고 다른 별들도 희미해졌다. 겨울이라 새벽빛은 희미하게 터서 조금씩 환해졌고, 창가의 노란 가스등과 촛불은 일찍 일어나서 움직이는 사람들을 비추었다. 하지만 하품하던 경찰관이 그것을 보았고, 바쁜 시장 사람들도 입을 벌리고 멈춰 섰고, 일찍 출근하던 노동자, 우유 배달부, 신문 배달부, 밤새 놀고 피곤한 얼굴로 귀가하던 사람, 집 없는 떠돌이, 순찰 도는 파수꾼도 보았다. 시골에서도 터덜터덜 들일을 나가던 일꾼, 조용히 귀가하던 밀렵꾼이 보았다. 그러니까 전국 곳곳에서 하루를 시작하는 모든 사람이 그것을 보았다. 바다에서 새로운 하루를 기다리던 선원들도 갑자기 서쪽 하늘에 나타난 큼직한 흰색 별을 보았다!

그것은 우리 하늘의 어떤 별보다도 밝았다. 가장 밝을 때의 샛별보다 밝았다. 그리고 해가 뜬 지 한 시간 후에도 크고 하얗게 반짝였다. 이제는 깜박이는 빛의 점이 아니라 뚜렷하게 빛나는 작은 원반이 되었다. 과학을 모르는 사람들은 그것이 전쟁과 질병을 알리는 하늘의 징조라고 추측하고 겁을 먹었다. 강건한 보어인, 까무잡잡한 호텐토트인, 황금 해안의 흑인, 프랑스인, 스페인인, 포르투갈인이 모두 떠오르는 햇빛 속에서 그 낯선 별이 지는 모습을 바라보았다.

먼 곳에 있던 천체 두 개가 서로 돌진하자 세계 백여 곳의 천체 관측소는 함성이 터질 듯한 흥분을 억누르고 한 세계가 파괴되는 놀라운 모습을 기록하기 위해 사진기, 분광기 등의 장비를 분주히 챙겼다. 불길에 휩싸여 죽음을 맞이하는 행성, 지구보다 훨씬 큰, 우리의 자매 행성인 해왕성은 분명히 한 세계였기 때문이다. 그 해왕성이 외계에서 날아든 낯선 행성과 정면으로 충돌했고, 그 충격의 열기로 두 천체가 한데 합쳐져서 하얗게 백열하는 덩어리가 되었다. 그날 동트기 두 시간 전에 그 하얀 별은 세상을 일주했고, 떠오르는 햇빛 속에 서쪽 하늘로 질 무렵에야 빛을 잃었다. 모두가 그것을 보고 놀랐지만 먼 바다에 나가 있어서 소식을 몰랐던 선원보다 더 놀란 이들은 없을 것이다. 여느 때처럼 별을 관찰하던 그들의 눈앞에 어느 날 갑자기 작은 달 같은 것이 불쑥 떠오른 것이다. 그것은 천정점을 향해 올라가서 하늘에 머물다가 밤과 함께 서쪽으로 사라졌다.

이어 그 별이 유럽 하늘에 떠오를 때는 사방 언덕과 지붕과 개활지에 사람들이 모여들어 동쪽 하늘을 바라보았다. 별이 백열 같은 빛을 앞세우고 떠오르자, 전날 밤 그것을 보았던 사람들이 소리쳤다. "어제보다 더 크고 밝아졌어!" 실제로 서쪽 하늘로 저무는 반달은 그보다 크기가 훨씬 큰데도 밝기는 그 낯선 별에 미치지 못했다.

"더 밝아졌어!" 거리에 모여든 사람들이 소리쳤다. 그러나 침침한 천문대의 관측자들은 숨을 멈추고 서로를 바라보며 말했다. "더 가까워졌어. 지구에 다가오고 있어!"

이후 무수한 목소리가 똑같은 말을 전했다. "별이 다가온다." 전보들이 딸깍딸깍 바쁘게 그 소식을 전했고, 소식이 전신줄을 타고 퍼지자 수천 곳의 도시에서 때에 찌든 식자공들이 활자를 뽑았다. "별이 다가온다." 책상에 앉아 일하던 사람들은 이상한 깨달음에 펜을 던졌고, 수많은 곳에서 대화하던 사람들은 그 말에 담긴 기이한 가능성을 마주했다. "별이 다가온다." 그 가능성은 거리를 깨우고 한파 속에 숨죽인 마을들에 울려 퍼졌다. 전신기가 고동치듯 출력해 내는 종이 테이프에서 그 소식을 접한 사람들은 현관의 노란 등 아래 서서 행인들에게 "별이 다가와요." 하고 소리쳤다. 발그레하게 반짝이는 예쁜 여인들은 무도회에서 그와 관련된 농담을 들으면 관심이 없으면서도 지적 흥미가 있는 척했다. "별이 다가온다고요! 신기하네요! 그런 일을 알아내는 분들은 얼마나 똑똑한 건가요!"

겨울 밤길의 외로운 떠돌이들은 하늘을 보며 자신을 달랬다. "밤도 인심도 차가우니 별이라도 와야지. 하지만 이미 가까이 왔는데도 이렇게 춥다면 그 별도 따뜻한 별은 아닌 것 같네."

"새로운 별이 나한테 무슨 상관이야?" 죽은 이

의 침상 옆에 무릎을 꿇고 우는 여자는 말했다.

시험공부를 하러 일찍 일어난 남학생은 서리 낀 창밖으로 밝게 빛나는 하얀 별을 바라보며 곰곰 생각하다가 주먹으로 턱을 받치고 말했다. "원심력과 구심력. 행성을 멈춰 세워서 원심력을 없애면? 구심력이 작동해서 별이 태양에 빨려들 거야! 그러면……!"

"혹시 우리가 그 경로에 있나?"

그날의 햇빛도 다른 날의 햇빛들처럼 사라지고, 차갑고 어두운 밤이 새벽 3시를 지날 때 그 수상한 별이 다시 떠올랐다. 별이 얼마나 밝은지 어둠 속에 큼직하게 걸린 상현달도 희미해 보였다. 남아프리카 어느 도시에서는 권력자가 결혼해서 거리에 부부의 귀환을 환영하는 인파가 넘쳐났다. 아첨꾼이 말했다. "하늘도 빛을 밝혀주네요." 남회귀선 아래에서는 흑인 연인 한 쌍이 서로에 대한 사랑으로 들짐승과 악령에 대한 두려움을 물리치고 반딧불이 가득한 사탕수수밭에 함께 몸을 웅크렸다. "저건 우리의 별이야." 그들은 속삭였고 그 별빛에서 기이한 위안을 느꼈다.

수학의 대가는 자기 방에 앉아 앞에 놓인 종이들을 한쪽으로 치웠다. 계산은 끝났다. 작은 흰색 병에는 그가 나흘 밤을 새우며 계산을 하게 해준 약이 조금 남아 있었다. 그는 날마다 변함없이 차분하고 명료하고 끈기 있게 학생들에게 강의했고, 그런 뒤에는 바로 이 중대한 계산에 몰두했다. 그의 얼굴은 무거웠고, 약기운에 약간 일그러지고 열에 떠 있었다. 그는 한동안 생각에 잠겼다. 곧 창가로 가서 블라인드를 딸깍 올렸다. 수많은 지붕과 굴뚝, 첨탑 위의 중천에 그 별이 걸려 있었다.

그는 용맹한 적의 눈을 들여다보듯 그 별을 보았다. "네가 날 죽일 수도 있지." 한참을 침묵하던 그가 입을 열었다. "하지만 나는 이 작은 두뇌로 너를, 그리고 너뿐 아니라 온 우주를 이해할 수 있어. 나는 변하지 않아. 지금 이 상황에서도.”

그는 약병을 쳐다보았다. “이제는 잠을 잘 필요가 없어.” 그리고 다음 날 낮 12시 정각에 대형 강의실에 들어가서 늘 하던 대로 교탁 끝에 모자를 내려놓고 큼직한 분필을 신중하게 골랐다. 학생들 사이에는 그가 먼저 분필을 들고 만지작거리지 않으면 강의를 시작할 수 없다는 농담이 있었고, 실제로 한번 학생들이 분필을 숨겼을 때 그는 어찌할 바를 모르고 쩔쩔맸다. 그는 희끗희끗한 눈썹을 들어 계단식 강의실에 앉은 젊은 얼굴들을 바라보며 익숙하고 정돈된 어조로 입을 열었다.

“상황이 발생했네. 내가 통제할 수 없는 상황이.” 그가 입을 열었다가 잠시 멈추었다. “그래서 계획대로 강의를 마칠 수 없게 되었어. 요점만 말하면 인류 역사가 헛수고가 되었네.”

학생들은 서로를 바라보았다. 우리가 제대로 들은 건가? 무슨 황당한 소리지? 학생들은 눈썹을 치켜올리고 웃음을 머금었지만 두어 명은 반백 머리에 덮인 교수의 차분한 얼굴을 유심히 바라보았다. 교수가 말했다. "오늘 강의에서는 내가 이런 결론에 이르게 된 계산 과정을 최대한 쉽게 설명할 테니 재미있게 들어보시게. 일단……"

그는 익숙한 다이어그램을 생각하며 칠판으로 돌아섰다. "'헛수고가 되었다'는 게 무슨 뜻이야?" 한 학생이 다른 학생에게 물었다. "들어봐." 다른 학생이 고갯짓으로 교수를 가리켰다.

그들은 곧 그 말뜻을 이해하게 되었다.

그날 밤 별은 전보다 더 늦게 떠올랐다. 고유 운동*으로 인해 동쪽으로, 그러니까 사자자리에서 처녀자리 쪽으로 이동했기 때문이다. 그 별은

---

* 태양에 대한 항성의 상대적인 공간 운동. 지구의 공전이나 자전으로 생기는 겉보기 위치 변화(광차·세차·장동 등)를 제외하고, 항성 자체가 이동한 정도를 1년 동안 천구상에서 이동한 각거리로 나타낸다. 1718년 핼리가 발견했다.

너무 밝아져서 밤하늘을 푸른빛으로 물들였고, 다른 별들은 다 사라지다시피 했다. 예외는 천정점 근처에 있는 목성과 카펠라 별, 알데바란 별, 시리우스 별, 그리고 북두칠성의 맨 앞쪽 두 별뿐이었다. 새 별은 흰색으로 아름답게 빛났다. 그날 밤 세계 곳곳에서 창백한 원광을 두른 그 별을 볼 수 있었다. 크기도 눈에 띄게 커졌다. 아른 거리는 열대 하늘에서는 거의 달의 4분의 1 정도에 이르렀다. 영국은 아직 한파의 계절이었지만 하늘은 한여름 달밤처럼 환했다. 어찌나 밝은지 책도 문제없이 읽을 수 있었고, 도시 가로등의 노란 불빛들도 희미해졌다.

그날 밤 온 세상이 잠들지 못했다. 기독교 세계의 시골에서는 불길한 웅웅거림이 히스 숲의 벌때 소리처럼 하늘에 걸려 있었고, 그 어지러운 웅성거림은 도시에서 쩔그렁거리는 소리가 되었다. 백만 개의 종루와 첨탑의 종이 울리며 사람들에게 더 이상 잠을 자거나 죄를 짓지 말고 모두 교회에 모여 기도하라는 외침을 전했다. 그리고 지구가 자전해서 밤이 지나가는 동안 눈부신 별은 더욱 크고 밝게 떠올랐다.

세상 모든 도시의 거리와 집들이 환해지고, 조선소가 밤에도 번쩍이고, 고지대로 가는 모든 도로가 밝은 하늘 아래 밤새 북적거렸다. 문명국가의 해안에서는 동력선, 범선이 모두 사람과 동식물을 가득 싣고 북쪽으로 출항할 준비를 했다. 수학의 대가가 전한 경고가 이미 전신을 타고 전 세계로 퍼져 백여 개 언어로 번역되었기 때문이다. 낯선 행성과 해왕성이 불길 속에 서로 엉긴 채 태양을 향해 빠르게, 갈수록 빠르게 돌진하고 있었다. 이 불덩어리는 이미 초당 수백 킬로미터의 속도였는데 시시각각으로 더 빨라졌다. 지금 경로를 유지하면 그것은 지구와 1억에서 2억 킬로미터 정도 떨어진 곳을 지나가서 별 영향을 미치지 않을 것이다. 하지만 그것의 경로 인근에 거대한 목성과 그 위성들의 공전 궤도가 있었다. 목성과 불타는 별 사이의 인력은 점점 더 강해졌다. 그러면 그 결과는 어떻게 되는가? 목성의 궤도가 타원형으로 찌그러들고, 태양을 향해 직진하던 불타는 별의 경로가 목성의 인력에 의해 "곡선을 그리게" 되면서 어쩌면 지구와 충돌하거나 충돌은 피해도 아주 가까운 거리를 지나가게 되었다는 것이다. "지진, 화산 폭발, 태풍, 파랑, 홍수가 일고, 기온은 어디까지 치솟을지 모른다"고 수학의 대가는 예언했다.

머리 위에서는 운명의 별이 그 예언을 실현하려는 듯, 외롭고 차갑고 또 불길하게 타올랐다.

그날 밤 눈이 아프도록 하늘을 지켜본 사람들은 별이 눈에 띄게 가까워졌음을 느꼈다. 그리고 그때부터 이미 날씨가 바뀌었다. 중부 유럽과 프랑스와 영국을 휩쓸던 한파가 누그러들어 얼음이 녹았다.

하지만 내가 밤새 기도하는 사람들, 배를 타

는 사람들, 산지로 대피하는 사람들을 이야기했다고 해서 온 세상이 벌써 그 별에 대한 공포에 사로잡혀 있다고 생각하면 안 된다. 세상은 아직 관행이 지배했고, 틈틈이 나누는 대화나 눈부신 밤하늘의 풍경을 빼면 열 명 중 아홉 명은 여전히 자신의 생업으로 바빴다. 몇몇 예외를 빼면 도시의 가게들은 평소와 같은 시간에 문을 여닫았고, 의사와 장의사들도 업무에 열중하고, 노동자들은 공장에 가고, 군인들은 훈련하고, 학자들은 공부하고, 애인들은 서로를 찾고, 도둑들은 숨고 도망치고, 정치인들은 계략을 꾸몄다. 신문사 윤전기는 밤새 돌아갔고, 여러 교회의 많은 사제는 어리석은 공포를 증폭시키지 않도록 교회 문을 단속했다. 신문들은 서기 1000년의 교훈을 다시금 일깨웠다. 그때도 사람들은 종말을 예견했었다. 당시의 별은 별이 아니라 가스 혜성이었고, 설령 별이었어도 지구와 충돌할 수는 없었다. 그런 일은 전례가 없었다. 사방에 견고한 상식의 세계는 공포에 떠는 이들을 비웃고 조롱하고, 약간은 박해까지 하려고 했다. 그날 밤 그리니치 표준시 7시 15분에 그 별은 목성에 가장 근접할 테고 그때 앞으로의 일을 알게 될 터였다. 많은 사람들이 수학의 대가가 한 섬뜩한 경고를 고도의 자기 홍보 행위로 여겼다. 상식의 세계는 논쟁으로 조금 뜨거워졌지만 결국 잠자리에 드는 것으로 흔들림 없는 신념을 보여주었다. 이미 이 진기한 현상에 지친 야만의 세계는 평소처럼 밤 활동을 이어나갔고, 여기저기 울부짖는 개 몇 마리를 빼면 짐승들의 세계도 그 별을 신경 쓰지 않았다.

그러다 유럽의 관측자들이 그 별이 한 시간 늦게 뜨기는 했지만 크기가 어제와 똑같다는 사실을 확인했다. 아직 깨어 있던 많은 이들은 수학의 대가를 비웃으며 이제 위험이 모두 지나갔다고 여겼다.

하지만 그 웃음은 곧 그쳤다. 별이 커졌다. 한

시간이 다르게 커지며 천정점에 가까워졌고, 밝기도 어찌나 밝아졌는지 밤이 또 다른 낮처럼 되었다. 그 별이 곡선을 그리지 않고 곧장 지구로 돌진했다면, 그러니까 목성에 속도를 빼앗기지 않았다면 남은 거리를 하루면 주파했을 것이다. 하지만 실제로는 지구까지 오는 데 총 닷새가 걸렸다. 다음날 밤 영국에서 그 별은 달의 3분의 1만큼 커졌고 기온은 완연히 영상으로 올랐다. 아메리카에서는 거의 달과 비슷한 크기로 떠올랐지만 눈이 부셔 보기 어려웠고, 또 뜨거웠다. 그 별이 떠오르며 힘을 키우자 열풍이 불어닥쳤고, 버지니아, 브라질, 세인트로렌스 계곡에서는 무시무시한 뇌운, 보라색 번개, 전례 없는 우박 사이로 그 별도 드문드문 보일 뿐이었다. 매니토바에서는 눈이 녹으면서 대홍수가 닥쳤다. 그날 밤 지상의 모든 산에서 눈과 얼음이 녹으면서 거칠고 혼탁해진 고지대의 강물들이 상류에서 나무들, 짐승과 사람의 시체를 쿨렁쿨렁 싣고 갔다.

강물은 섬뜩한 별빛 아래 불어나고 또 불어나다가 마침내 제방을 넘어 계곡에서 피신하는 사람들 뒤를 덮쳤다.

아르헨티나 해안과 남대서양의 만조는 인간의 기억에 없을 만큼 높아졌고, 곳곳에서 폭풍에 실린 바닷물이 내륙으로 수십 킬로미터를 날아가서 수많은 도시를 침수시켰다. 밤 기온이 너무 올라서 해가 뜨는 낮이 오히려 서늘하게 느껴질 지경이었다. 이어 지진이 일어나기 시작했고, 북극권에서 혼곶까지 아메리카 대륙 전체에 산사태가 일고 땅이 갈라지며 집과 담장이 무너졌다. 코토팍시 화산은 한 차례의 거대한 폭발로 전체가 무너져 내렸으며, 높고 거대하게 치솟은 용암은 어찌나 빠르고 매끄럽게 흐르는지 하루 만에 바다에 닿았다.

그렇게 별과 그 뒤를 따르는 창백한 달이 태평양을 건널 때 폭풍이 치맛단처럼 끌려왔고, 그 뒤로 일어난 격렬한 해일이 수많은 섬을 덮쳐 사람들을 쓸어냈다. 마침내 파도는 강렬한 빛과 숨 막히는 열 속에 15미터 높이의 포효하는 벽이 되어 아시아의 해안에 들이닥치고 중국 내륙의 평원을 휩쓸었다. 이제 가장 강력한 때의 태양보다 더 뜨겁고 크고 밝아진 그 별은 한동안 그 인구 대국의 도시와 마을, 나무, 도로와 경작지 위에 무자비하게 내리쬐었고, 수억 명의 사람이 잠을 잃고 공포에 떨며 불타는 하늘을 바라보았다. 이내 나직하고 둔탁한 소리와 함께 홍수가 들이닥쳤다. 그날 밤 더위에 탈진한 수백만 명이 가쁜 숨을 몰아쉬며 대피에 나섰지만, 순식간에 홍수가 하얀 벽처럼 밀고 들어왔다. 그 뒤로는 온통 죽음의 바다였다.

중국은 하얗게 타올랐지만, 일본과 자바섬을 비롯한 동아시아의 섬들에서는 별이 탁한 붉은 색으로 보였다. 화산이 그 별을 맞아 뿜어내는 증기와 연기와 재로 인해 머리 위로는 용암과 뜨거운 가스, 재가 날아다니고, 발아래로는 홍수가 들끓었으며, 온 지구가 지진으로 우르릉거렸다. 이어 까마득한 옛날부터 티벳과 히말라야산맥을 덮고 있던 눈이 녹아 버마와 힌두스탄 평원 위로 수천만 개의 물길을 만들며 흘러갔다. 인도 밀림 수천 군데에 불이 났고, 나무줄기들 사이를 세차게 흘러가는 물속에서는 희미하게 몸부림치는 어두운 물체들이 너울대는 핏빛 불길을 반사했다. 이런 혼란 속에 수많은 사람들이 불어난 강물을 따라 인간의 마지막 희망이 된 바다로 피신했다.

별은 점점 더 커졌고, 이제 그것이 커지고 밝아지고 뜨거워지는 속도는 무시무시했다. 열대 바다에서는 인광(燐光)이 사라지고, 뒤집힌 배들이 출렁거리는 검은 파도 위로 섬뜩한 증기가 피어올랐다.

그런 뒤 경이로운 일이 벌어졌다. 유럽에서 별이 뜨기를 기다리던 관측자들은 지구가 자전을 멈춘 듯한 느낌을 받았다. 홍수와 산사태, 무너지는 건물을 피해 언덕과 고원의 개활지에 모인 사람들도 그 별을 기다렸는데, 불안과 공포 속에 시간이 흐르고 흘러도 별은 보이지 않았다. 그리고 영원히 사라진 줄 알았던 별자리들이 다시 나타났다. 영국 같은 경우 땅은 계속 흔들려도 하늘은 뜨겁고 맑았다. 열대 지방에서도 뿌연 증기 너머로 시리우스와 카펠라와 알데바란이 보였다. 마침내 열 시간 가까이 지나 마침내 그 별이 모습을 드러냈을 때 태양도 따라 떠올랐는데, 하얗게 타오르는 별의 중심부에 검은 점 같은 것이 보였다.

별은 아시아에서 움직임이 차츰 느려지더니 인도 위에 갔을 때 빛이 흐려졌다. 그날 밤 인더스강 하구부터 갠지스강 하구까지 인도 전역의 평원이 얕은 물에 덮였고, 그 위로 솟은 사원과 궁전, 언덕들에 사람들이 까맣게 보일 만큼 모였다. 이슬람 사원의 탑에 오른 사람들도 열파와 공포와 싸우다 하나둘 혼탁한 물로 떨어졌다. 온

땅이 울부짖는 가운데 이런 절망의 용광로 위로 문득 그림자 하나, 한 줄기 바람, 구름 한 무리가 서늘한 공기를 전해주었다. 눈이 시릴 정도로 별을 관찰하던 사람들은 별의 흑점이 움직이는 모습을 보았다. 달이 별과 지구 사이에 끼어든 것이었다. 사람들이 그 짧은 휴식에 신에게 감사할 때 동쪽에서 태양이 놀라울 만큼 빠르게 떠올랐고, 이어 별, 태양, 달이 함께 하늘을 질주했다.

유럽의 하늘에서는 별과 태양이 나란히 떠올라서 하늘을 내달렸다. 어느새 속도가 느려지더니 천정점에 멈춰 서서 하나의 불길로 합쳐졌다. 달은 이제 별 바깥으로 나가 밝은 하늘에서 빛을 잃었다. 살아남은 사람들은 대부분 허기, 피로, 더위와 절망으로 인해 그 광경을 멍하니 바라볼 뿐이었지만 세상에는 아직 그것의 의미를 파악할 수 있는 사람들이 있었다. 별과 지구가 최근접점에 이르러 서로의 궤도를 휘게 했고, 이제 별은 지나갔다. 지구를 벗어난 별은 이제 더욱더 빠른 속도로 태양을 향한 최후의 돌진에 들어갔다.

그다음 구름이 모여들어 하늘을 가리고 천둥과 번개가 세상을 감쌌다. 전 세계에 인간이 경험한 적 없는 폭우가 쏟아졌고, 구름을 향해 불을 뿜는 화산에서는 흙탕물이 흘러내렸다. 물은 바다로 쏟아지면서 흙투성이 폐허를 뒤에 남겼고, 땅 위에는 폭풍이 지나간 해변처럼 쓰레기와 사람과 짐승의 시체가 가득했다. 물은 여러 날을 흐르며 흙과 나무와 집을 휩쓸었고, 들과 산에 둑을 쌓고 협곡을 팠다. 별과 더위가 지나간 뒤 어둠의 시기가 이어졌다. 그러는 내내, 몇 주일, 몇 달 동안 지진이 끊이지 않았다.

그러나 별은 지나갔고, 허기에 시달린 사람들은 용기를 끌어모아 무너진 도시와 파묻힌 곡식 창고, 물에 잠긴 들판으로 돌아왔다. 용케 폭풍을 피한 소수의 배도 너덜너덜한 선체를 이끌고 이제는 낯설어진 항구로 조심스레 들어왔다. 폭풍이 가라앉은 뒤 사람들은 지상의 기온이 예전보다 높아지고 태양이 커졌으며, 크기가 3분의 1로 쪼그라든 달은 삭망 주기가 80일로 늘어났다는 사실을 알게 되었다.

하지만 이 이야기는 사람들 사이에서 새로 생겨난 형제애라거나, 법과 책과 기계의 보존이라거나, 아이슬란드와 그린란드와 배핀만 해안의 이상한 변화—그곳이 너무도 푸르고 온화해져서 거기에 간 선원들은 자신들의 눈을 믿지 못했다—같은 것에 대해서는 말하지 않을 것이다. 이제 지구가 뜨거워져서 인류가 남극과 북극 쪽으로 이동한 일에 대해서도 마찬가지다. 이 이야기는 그 별이 지나간 사건만 다룬다.

화성의 천문학자들—화성에도 천문학자가 있지만 그들은 사람과 크게 다르다—은 자연스럽게 이 사건에 깊은 관심을 가졌다. 그들은 물론 그 일을 자신들의 관점에서 보았다. 화성의 한 천문학자는 이렇게 썼다. "태양계를 가로질러 태양을 향해 돌진한 저 천체의 질량과 온도를 고려하면 그것과 거의 충돌할 뻔한 지구에 피해가 그토록 적다는 점은 놀랍다. 대륙 경계도 해양 수역들도 변함이 없으며 유일한 차이는 양극 지방의 하얀 지대—아마 얼음 같은데—가 줄어든 것으로 보인다." 그러니까 인류 최대의 재난도 수백만 킬로미터 밖에서는 사소하게 보이는 법이다.

SF의 아버지

영국 작가 허버트 조지 웰스는 흔히 '과학 소설 SF의 아버지'라고 불린다. 웰스 이전에도 과학적 상상력에 토대한 소설을 쓴 작가들은 있었다. 하지만 SF적 상상력이 맹아를 싹틔운 초기 시절에 그것으로 다양한 영역을 탐구하고 대중을 사로잡아 SF라는 장르 자체를 만든 인물은 바로 웰스다. 그래서 그는 'SF의 셰익스피어'라고도 불린다.

그는 1890년대에서 1940년대까지 50여 년에 걸쳐 활동했지만 가장 유명한 작품들은 30세 전후였던 1890년 말에 집중 발표되었다.《타임머신》(1895),《모로 박사의 섬》(1896),《투명 인간》

(1897), 《우주 전쟁》(1898)이 그것이고, 1901년의 《달 최초의 방문자》까지가 그의 SF 장편 소설 전성기의 작품들이다. 《모로 박사의 섬》만 빼고 모두 제목만으로도 내용을 짐작할 수 있는데, 오늘날 수많은 SF 하위 장르의 원형이 거의 다 있다고 할 수 있을 만큼 다루는 소재가 다양했다. (《모로 박사의 섬》은 생체 개조에 대한 내용이다.)

하지만 그의 작품이 SF에 국한되지는 않는다. 그는 긴 작가 생활 동안 40여 편의 장편 소설과 80여 편의 단편 소설을 발표했는데 그중에는 찰스 디킨스의 뒤를 잇는 사회적 리얼리즘이라고 평가받는 작품도 여럿 있고, 이 짧은 단편선을 통해서도 알 수 있듯이 과학과 무관한 환상을 펼쳐 보이는 작품들도 있다.

그의 저술이 문학에 국한된 것도 아니었다. 웰스는 소설뿐 아니라 다양한 교양서와 사회 평론, 과학 평론도 많이 썼다. 게다가 (하루를 48시간으로 살았는지) 실제 사회운동에도 적극적으로 참

여해서 활동한 실천형 작가였다.

그가 성장한 19세기 후반의 영국은 찰스 다윈의 진화론과 제임스 클라크 맥스웰의 전자기학 등으로 과학이 눈부시게 발전하던 시기였고, 이에 발맞추어 산업과 기술도 전에 없던 시대를 열어가고 있었다. 웰스 자신이 생물학을 공부한 과학 교사 출신이었기에 이런 발전을 누구보다 잘 느끼고 이해했을 것이다. 하지만 그 발전의 이면에는 소외되고 억압받는 다수의 하층 계급이 있었다. 웰스 본인도 하층 계급 출신이라 그런 고통을 잘 알았고, 그 경험은 그가 디킨스처럼 하층 계급의 어려운 삶을 다룬 사회 소설을 쓰고 실제로 사회주의 운동에 나서는 데 밑바탕이 되었다.

그런 만큼 그의 과학 소설도 현실과 동떨어진 상상력의 질주가 아니라 현실과 사회 발전을 깊이 관찰하는 자의 예리한 진단과 비전을 담고 있으며, 현실에 공상을 더해보는 논리적 실험에 가까운 경우가 많다. 실제로 웰스는 SF 작품을 쓸

때 (그는 이 장르를 '과학 로맨스'라고 불렀다) '웰스의 법칙'이라는 것을 지켰다. 그것은 작품에서 한 가지 환상적인 가정을 제외하면 나머지는 모두 지극히 현실적이어야 한다는 것이었다. 조지프 콘래드는 그를 '환상의 리얼리스트'라고도 불렀다.

웰스의 삶

웰스는 1866년에 영국 켄트주 브롬리에서 태어났다. 어머니와 아버지는 모두 상류층 가정의 하인이었고 가정 형편이 어려워서 웰스는 자주 학업을 중단해야 했다. 하지만 포목점이나 약국 등에서 점원으로 일할 때에도 그는 손에서 책을 놓지 않고 독학을 이어나갔다.

그러다 18세에 런던의 과학사범학교에 입학해서 올더스 헉슬리의 할아버지 토머스 헉슬리의 지도 아래 생물학을 공부했다. 이후 과학 교사가 되었는데 이 시기부터 이미 과학 소설을 발표하기 시작했다. 그러다 29세에 발표한 첫 장편 소설 《타임머신》으로 일약 유명세를 얻었고, 이후 불과 몇 년 사이에 히트 작품을 연달아 출간하면서 30대 중반부터는 안정적인 작가 생활을 영위하게 되었다.

하층 계급을 벗어난 뒤에도 웰스는 사회 불평등에 대한 비판적 시각을 거두지 않았고, 비판을 실천으로 옮기는 활동에도 힘을 쏟아서 사회주의 단체 페이비언 소사이어티에도 가입하고 노동당 후보로 두 차례 선거에도 출마했다. 1차 대전 이후에는 전쟁 재발을 막기 위해 국제연맹 창설위원회 위원으로 활동했다. 1930년대에는 나치 비판 발언으로 독일에서 금지 작가가 되기도 했다. 오늘날까지 계속 읽히는 그의 작품은 주로 초기작에 몰려 있지만 웰스는 죽기 1년 전까지도 꾸준히 작품을 발표하다가 1946년에 80세를 한 달 앞두고 세상을 떠났다.

웰스의 단편 소설

웰스는 SF 장편 소설들로 가장 유명하지만 단편 소설도 많이 썼다. 그는 단편 소설은 '한 시간 안쪽으로 읽을 수 있는 소설'이면 형식과 내용은 상관없다고, 단편이라도 광대한 내용을 담고 깊은 사색을 유도할 수 있다고 보았다. 그리고 단편 소설이 다른 무엇보다 불가능을 가능하게 만드는 힘이 있다며, 단편 소설을 쓸 때면 '상식에는 어긋나지만 논리적인 규칙에 지배되는 신비로운 세계들을 들여다보는' 즐거움을 누렸다고 고백했다. 선구적인 상상력을 지녔던 작가에게 단편 소설은 그 상상력을 더욱 증폭시키는 매체가 되었던 것 같다.

웰스의 단편 소설도 SF 작품이 두드러진다. 분량이 짧은 만큼 다루는 내용은 더욱 다양하고 환상적이다. 약을 먹고 몸이 바뀌는 노인과 청년, 부화한 고대 조류의 알, 화성을 실시간으로 보여

주는 수정 구슬, 인체 능력을 천 배 증강시키는
약 같은 것은 오늘날 기술적으로 실현된 것도 있
고(화성 로버의 카메라 같은) 그렇지 않은 것도 있
지만, 모두 이후 시대의 수많은 과학적 상상의
원천이 된 것들이다.

하지만 SF와 상관없는 단편 소설도 많은데 이
책에 실린 세 편의 단편 소설 중에도 SF 작품은
〈별〉뿐이다. 〈별〉은 셋 중 가장 먼저(1897년) 발표
된 작품이고, 이 시기는 그가 SF 명작들을 쏟아
내던 시기였다. 역시 우주에서 닥치는 재난을 다
룬 장편소설 《우주 전쟁》에 한 해 앞선다. (두 작
품 모두에 오길비라는 주변적 인물이 등장한다.)

《우주 전쟁》은 외계인 침공이 재난을 일으키
지만 "별"의 재난은 행성 충돌이라는 (정확히는
근접 통과) 천체 현상의 결과다. 어느 해의 새해 벽
두에 해왕성이 외계 행성과 결합해서 지구로 돌
진하면서 전 세계에 전대미문의 재난이 닥친다.
(해왕성은 웰스 시절 태양계 최외곽 행성이었다. 그러

다 1930년에 명왕성이 발견되면서 그 지위를 잃었는데 21세기에 명왕성이 왜행성으로 격하되면서 다시 최외곽 행성이 되었다는 점이 재미있다.)

이 작품은 주인공이 딱히 없다. 몇몇 인물이 등장하지만 단편적으로 지나간다. 화자 개인의 관점으로 바라본 《우주 전쟁》과 다른 점이다. 작품은 전 지구적 재난을 개인들의 구체적 고난보다 전체적 상황의 흐름에 집중해서 보여준다. 이런 방식은 단편이기에 가능했을 것이다. 작품에서 그나마 존재감이 있는 인물은 이름 없이 '수학의 대가'라고만 나오는 과학자이다. 그는 인류 대다수와 달리 임박한 재난을 일찌감치 예견하고 "나는 이 작은 두뇌로 너를, 그리고 너뿐 아니라 온 우주를 이해할 수 있어." 하고 말하지만 그가 재난 속에서 어떻게 되었는지는 드러나지 않는다. 그 역시 다른 사람들처럼 고통을 겪다가 죽거나 기적적으로 생존하거나 했을 것이다. 어쩌면 그는 개인이라기보다는 과학적 지성을 상징하는 장치인지도 모른다. 과학은 까마득한 거리에서 날아오는 행성의 궤도도 예측할 수 있지만 우주적 재난을 막을 수 있는 힘은 (아직) 없기 때문이다.

이 작품의 예기치 않은 엔딩은 단편 소설의 묘미를 보여주는 반전 아닌 반전이기도 하다. 장편 소설의 긴 서사의 흐름 끝에 이런 엔딩이 있다면 앞선 서사를 망치거나 힘을 발휘하지 못했을 것이다. 하지만 짧은 서사 끝에 나오는 이런 시선의 이동은 강렬한 각성 효과를 안겨준다. 초대형 재난 또는 무수한 인간 고락도 우주적 스케일에서는 지극히 사소할 뿐이라는 그 메시지는 우주를 들여다보는 모든 사람을 자주 사로잡는 깨달음이기도 하다.

하지만 그의 단편 소설 중 가장 유명한 작품은 SF와 별 상관없는 〈눈먼 자들의 나라〉다. 이 작품은 1904년에 발표되었다.

SF는 아니지만 이 작품은 환상적인 가정을 개

입시킨 사회과학적 사고 실험thought experiment을 연상시킨다. 시력이라는 감각을 모르는 사회에 정안인(正眼人)이 가게 되면 어떤 일이 벌어질까? 누녜스가 생각한 대로 '눈먼 자들의 나라에서는 애꾸가 왕'이 될까? SF 작품들이 한 가지 과학적 허구가 현실 세계에 미치는 영향을 탐구한다면, 이 작품은 사회적 허구 상황이 현실적 인간 누녜스에게 미치는 영향을 탐구한다. 또는 반대로 인간 사회가 초감각 인간을 만났을 때 보일 반응을 탐구한다고도 볼 수 있다.

작품은 눈먼 자들의 나라의 주민들이 누녜스의 시력을 받아들이지 못하는 데는 그들에게 시력이 없다는 물리적인 사실뿐 아니라 그들 사회에서 발생한 철학·이데올로기가 중요한 역할을 하고 있음을 분명히 보여준다. '자신들이 알고 감각하는 것 이상의 세계는 없다'는 견고한 가르침 때문에 그들은 누녜스의 주장에 전혀 귀를 기울이지 않는다. 그리고 거기서 더 나아가 그를 박해하고 침묵시키며 심지어 신체까지 훼손하려고 한다.

그런데 이런 상황이 눈먼 자들의 가상 세계에만 적용되는 걸까? 우리의 감각 세계와 거기 토대한 세계관은 믿을 만한가? 그때만 해도 100여 년 전이었기에 웰스는 사회의 구석구석에서 과학을 거부하는 아집을 많이 경험했을 것이다. 인간 감각과 지식에 한계가 있음을 인정하는 것, 그리고 그 한계를 넘으려고 노력하는 것이 과학이기에 그런 모습은 눈먼 사람들의 집단적 우매함처럼 보였을지도 모른다. 오늘날의 우리도 그렇다. 우리는 과학을 통해 예전과는 비교가 안 되는 감각 세계를 구축했지만, 세계관은 여전히 우물 속에 갇힌 경우가 많기 때문이다.

웰스는 이 작품을 발표 후 35년이 지난 1939년에 개작하기도 했다. 이 책에 실린 것은 애초의 버전이고 이것이 정본으로 통하지만, 개작판에서는 누네스가 탈출하던 중 계곡으로 돌아가 메디나사로티를 데리고 다시 탈출한다고 한다.

이 책에 실린 〈담장에 난 문〉 역시 SF와는 상관없는 우화에 가깝다. 이 작품은 〈눈먼 자들의 나라〉를 발표하고 2년 뒤인 1906년에 발표되었는데, 그때부터 지금까지 웰스의 단편 소설들 중 문학적으로 최고의 작품이라는 평가를 받고 있다.

작품은 홀연히 나타난 문, 아름다움과 사랑과 행복이 넘치는 정원, 사람의 인생이 펼쳐지는 책 같은 것들로 환상적이고 동화적인 풍경을 제공한다. 그리고 그것을 세속에 잠긴 중년 남자 월리스의 회고에 담아 전달함으로써 환상·세속을 대비시키고, 이야기의 시작에 이미 회고의 당사자가 죽었음을 알림으로써 두 세계의 힘 관계를 분명히 보여준다.

열망하지만 돌아갈 수 없는 유년—또는 존재의 시원—의 낙원은 문학사에 흔한 모티브 중 하나다. 이 작품의 특징은 낙원의 문이 월리스 앞에 여러 번 나타났는데도 그가 들어가지 않았다는 점이다. 그는 담장 너머에 낙원이 있는 것을 알면서도 매번 지리멸렬한 현실에 발목 잡히는 쪽을 선택했고 그로 인해 괴로워했다.

그러다 그가 결국 그 문을 열었을 (혹은 열었다고 생각했을) 때 그를 기다린 것은 파멸이었다. 이로 인해 독자들도 작품의 화자인 레드먼드와 마찬가지로 수수께끼에 사로잡힌다. 그 문 안에 있는 것은 자질구레한 세상사에 묶인 상태로는 가닿을 수 없는 초월적인 평화와 행복이었을까? 아니면 삶의 도피처로 우리의 정신을 부식하는 미몽이었을까? 한 평자의 표현으로 바꿔 물으면 그것은 백일몽, 거짓말, 소년의 생생한 상상이었을까? 아니면 월리스 같은 '선지자'만이 접근할 수 있는 숨겨진 차원의 징표였을까?

웰스가 그 질문에 답을 주지 않았다고 보는 평자도 있지만 주었다고 보는 평자도 있다. 즉 웰스는 작품을 통해 독자들에게 '월리스처럼 비합리의 유혹에 굴복하지 말라'고 말했다는 것이다.

웰스의 의중이 무엇이었건 이 작품이 삶과 성장이라는 것이 유년 시절의 경이와 신비를 상실하는 과정일 수밖에 없다는 메시지를 담고 있음은 분명하다. 인생이라는 것 자체가 열망을 좌절시키는 자질구레한 방해물들로 이루어져 있고 그것을 초월한 곳에 인생은 없다는 것이다.

이 짧은 단편선을 통해서도 알 수 있듯이 웰스의 작품은 SF건 SF가 아니건 환상적이었다. 그리고 그에게 환상은 현실을 깊이 확장하고 실험하는 장치였다. 매체를 막론하고 많은 서사 예술에서 판타지와 SF 장르가 맹위를 떨치는 요즈음, 그런 작품들이 장르 예술에 국한되느냐 장르의 벽을 뛰어넘는 예술이 되느냐 하는 것은 그렇게 현실과의 접점에 달려 있을 것이다.

2026년 1월
고정아

환상과 마법 02

담장에 난 문

초판 1쇄 발행 2026년 3월 5일

지은이 허버트 조지 웰스
옮긴이 고정아
펴낸이 이혜경
기획·관리 김혜림
편집 변묘정, 박은서
디자인 이소정
마케팅 양예린

펴낸곳 니케북스
출판등록 2014년 4월 7일 제300-2014-102호
주소 서울시 종로구 새문안로 92 광화문 오피시아 1717호
전화 (02) 735-9515
팩스 (02) 6499-9518
전자우편 nikebooks@naver.com
블로그 blog.naver.com/nikebooks
페이스북 facebook.com/nikebooks
인스타그램 (니케북스) @nike_books
　　　　　　　(니케주니어) @nikebooks_junior

© 니케북스 2026

ISBN 979-11-94706-30-4 02840

고정아
연세대학교 영문학과 졸업 후 번역가로 일하고 있다. 2012년 제6회 유영번역상을 받았다. 《전망 좋은 방》, 《천국의 작은 새》, 《컬러 퍼플》 등의 문학 작품을 비롯해 《당신의 저녁에 클래식이 있다면 좋겠습니다》, 《히든 피겨스》, 《여행자의 어원 사전》 등의 인문 교양서, 《클래식 음악의 괴짜들》, 《엘 데포》, 《우리는 우주를 꿈꾼다》 등의 어린이, 청소년 도서를 번역했다.